戀《こい》のいろは

御堂なな子

幻冬舎ルチル文庫

CONTENTS ✦目次✦

✦カバーデザイン＝吉野知栄(CoCo.Design)
✦ブックデザイン＝まるか工房

イラスト・テクノサマタ✦

戀《こい》のいろは

一

——それを人は、鬼と呼ぶのだろうか。

畳の上に三つ指をついた少年の目の前に、角《つの》が隠れていそうな漆黒の髪をした、眼光の鋭い男が座っている。少年は奉公をしている茶問屋の旦那《だんな》様から、一通の書状を託されて、この男のもとへとやってきた。

少年が初めて目にした男は、身の丈が六尺を超える大柄で、豪快に酒の杯を呷《あお》る無頼者だ。立てた片膝《かたひざ》に骨太な肘《ひじ》を置き、身を乗り出して少年を睨《にら》む様は、獲物の急所を探る猛禽《もうきん》の類《たぐい》にも似ている。

「なあ、お前。この書状に何が書いてあるか、知っているのか」

白い紙に、黒い墨で書かれた何か。学のない少年の目には、文字は蚯蚓《みみず》がのたくったようにしか見えない。

「しりません」

「じゃあ、読め」

「おてがみのなかをみたら、だんなさまにしかられてしまいます」

「いいからこっちへ来て、読んでみろ」

「――おれはもじがよめません」

「何」

「だからこうして、おつかいをたのまれました」

「字が読めねぇから、お前の主人はこれをわざわざお前に託したというのか？」

ぴしり、と、男が指先で書状を叩く。部屋の空気が切り裂かれたように感じて、少年は肩を震わせた。

「ひっ」

「俺は短気だ。さっさと答えな」

「は……はい。これはひみつのおてがみだから、だれにもみられてはいけない。よみかきのできないおまえにしか、たのめないのだと、だんなさまはおっしゃいました」

「そうかい。はッ。名の知られた老舗《しにせ》の茶問屋ともあろうものが、随分えぐい真似をしやがる。――おい、小僧」

「は、い」

ゆらりと腰を上げた男を見つめて、少年は喉《のど》を喘《あえ》がせた。男の眼光はいっそう鋭く、髪は逆立ち、口元は牙《きば》でも生えてきそうなほど、恐ろしげに歪《ゆが》んでいる。

男はひどく、怒っていた。怒気を隠さぬ荒っぽい口ぶりで、男は少年に言い放った。

「てめぇは鬼の巣に放り込まれた餌《えさ》だ」

「おにの、す。あなたさまは、やっぱりおになんだ…っ」

「おうよ。この書状には、お前を借金のかたに煮るなり焼くなりどうとでもしろと書いてある。手足をもいで、俺の腹の足しにしろとな」

借金のかた――。その意味を少年が鈍い頭で理解するまで、男は待ってなどくれなかった。男の足が書状を踏み締め、長い腕が少年へと伸びてくる。

「利子がついて三千円に膨らんだ借金の見返りが、この痩《や》せっぽちの小僧だと？　随分ふざけた話じゃねぇか」

着物の襟《えり》を手繰《たぐ》り寄せ、男は、ぐいっ、と少年を自分の胸元へと近付けた。

この時代の三千円とは、屋敷を一軒買えるほどの途方もない金額だ。一銭の青銅貨さえ手にしたことのない少年には、想像をすることも難しい。

「小僧。ようく頭を働かせな。お前は自分の主人に売られたんだぜ」

「う、うられたって、なぜ……っ？」

「知るか。お前のような学のない奴は、こうやって人に食い物にされる定めなんだよ。哀れだな。自分が騙《だま》されたことにも気付かねぇで、のこのことこんな場所へきやがって」

「だまされた――？　だんなさまが、おれを、だましたの？」

男が鼻白んだように頷《うなず》くのを見て、少年はようやく、自分が遣いに出された本当の意味を知った。

「そんな」

少年は助けを求めるように、男に踏まれて皺《しわ》の寄った、旦那様の書状を見やった。そこに書かれている文字から、旦那様の心を拾い上げようとしても、平仮名一つ読めない少年の瞳《ひとみ》は、それを素通りしてしまう。

「おい。この俺に売られた意味は分かってるんだろうな」

不意に、男は大柄な体を屈《かが》めて、少年と目線を同じにした。間近で相対するには、男の瞳は迫力があり過ぎて、少年はまともに瞼《まぶた》を開けていられなかった。

「お前を買って、俺に何の利がある?」

「おれ、なにも、わからない。しらない」

「年端もいかねぇ童子専門の遊郭《ゆうかく》に転売するには、お前は少しとうが立ってる。その細っこい腕じゃ、炭鉱の人夫《にんぷ》に出すのも無理だ。今ここで俺の慰み者になるくらいしか、お前には値打ちがない」

憎々しげにそう言って、男が着ていた羽織を脱ぐ。上等な羽二重のそれが、ゆっくりと足元へ落ちていくのを、少年は意味も分からずに見つめていた。

「どれ。とりあえず生皮でも剝《は》いでみるか」

むんずと肩を摑《つか》まれ、猫や犬のように畳へ組み伏せられる。今日着せてもらったばかりの綺麗《きれい》な着物が、男の手で瞬《また》く間に剝ぎ取られていくのを、少年が抗《あらが》う術《すべ》はなかった。

「い、いやだ……っ、たべないで」

「てめぇに食う場所なんぞあるのか？　ええ？」

「ひいっ、や――！」

「逃げるんじゃねぇ！」

天井に向かって舞う帯と、切れ切れになって散っていく襦袢《じゅばん》。男の獰猛《どうもう》な瞳に素肌を曝《さら》して、少年はただ歯の根を鳴らし、旦那様の言いつけを守ることだけを考えていた。

＊

明治の末期から始まったデモクラシーの騒乱が、今なお帝都を覆い尽くしていた大正七年の冬。不景気の暗い世相を反映するように、老舗の大店《おおだな》が軒を連ねる日本橋《にほんばし》の界隈《かいわい》も、このところ客の賑《にぎ》わいが減っている。

日本橋は室町《むろまち》で、ご一新前から茶問屋を営む青戸屋《あおとや》は、駿河《するが》の国静岡から船で良質の茶を仕入れている名店だ。威風堂々とした構えの店舗からは、常に茶の清涼な香りが漂い、仕事の才に長《た》けた番頭や丁稚《でっち》たちが立ち働いている。

大店の青戸屋は多くの奉公人を抱えているが、その中に一人、特異な立場の者がいた。下働きに従事するその者は、今年で十五か十六になるはずだが、定かではない。歳《とし》も、親の顔も、自分の本当の名さえも知らない、捨て子だったその少年を、青戸屋では誰もが『ほたる』と仮の名で呼んでいた。

「ほたる！　ぼさっとしてんじゃないよ。早くこっちへきて、膝をつきな」

「はい…っ」

真冬の一月の今時分としては、だいぶ季節外れな名前を呼ばれたほたるは、痩せこけて骨ばった膝を風呂場の床についた。

ざぶり。頭からかけられた温かい湯が、煤《すす》や埃《ほこり》に塗《まみ》れたほたるの黒髪を滑り落ちていく。毎日人の嫌がる仕事ばかりをしているせいで、汚れきったその髪は、油の膜を張ったように湯を弾《はじ》いて少しも濡《ぬ》れてくれない。

「きったないねえ、お前。洗ってやるこっちの身にもなっておくれよ」

「仕方ないさね。こいつに湯なんかもったいないって、近所の川の水で体を洗わせてるのは、奥様じゃないか」

「それにしたって、こうも垢《あか》だらけじゃ、いくら磨いたって私らの骨が折れるだけだよ」

普段から口うるさい女中頭が、ほたるの髪を遠慮のない指で擦《こす》り立ててから、またざぶり、と、湯を浴びせた。

たとえ桶《おけ》を持つ手が乱暴でも、川の冷たく濁った水よりも、湯の方がずっと心地いい。

(あったかい。ゆびのさきまで、じいんとする)

屋敷の使用人たちの憩いの場でもある風呂場を、ほたるが使わせてもらうのは、いったい何年ぶりだろう。浴槽をどんなに綺麗に磨いても、使用人の位で一番下にあたるほたるは、そこに足先一つ浸《つ》けさせてはもらえない。

納屋の蜘蛛《くも》の巣取りや、湿気臭い床下の鼠《ねずみ》捕り、どぶ浚《さら》いから厠《かわや》の汲《く》み取りにいたるまで、これらは全部ほたるの仕事だ。

まだほたるが赤ん坊の頃、捨てられていたところをこの屋敷の奥様に拾われた縁で、ご恩返しに下働きをしている。物心がついた時にはもう水汲みや庭の草むしりをしていたが、下働きを始めて何年になるのか、自分が今いくつになるのか、手の指の数以上の計算ができないほたるには、皆目見当もつかなかった。

「旦那様が今日は特別に、お前に舶来ものの石鹸《せっけん》を使わせろってさ。後でようくお礼を言っておくんだよ？　分かってるのかい」

「はい」

「ちっ。こんな上等なものをほたるなんかに……。ちょいといただいとこう」

「およしよ。告げ口でもされたらおおごとだよ」

「かまうもんか。こいつにそんな度胸も知恵もありゃしないよ」

石鹸を割った欠片《かけら》を、女中頭が襷《たすき》掛けをした自分の着物の袂《たもと》に忍ばせる。

大正の御代《みよ》になって起こった諸外国どうしの世界大戦によって、舶来の品々はめっきりこの国へ入ってこなくなった。それゆえに、石鹸は貴重品だ。大戦が終わって二年ほど経《た》った今は、世の中が不景気に陥って、使用人の給金も減らされていると聞く。

しかし、ほたるには給金というものがない。一日に二度、罅《ひび》の入った茶碗《ちゃわん》で食べる残り飯が、給金の代わりだ。ごく稀《まれ》におしんこの切れ端をもらえると嬉しくて、三日くらいは大事に大事にそれを食べる。

いつもひもじい思いをしているせいで、ほたるの背丈は少しも伸びない。体全体が縮んで小さく見えるのは、納屋の隅で夜眠る時、寒さに震えて背中を丸めているせいかもしれなかった。

「ほら、ぐず。こっちをお向き」

風呂場でさんざん洗われたほたるは、脱衣所のすのこの上で、二人がかりで体を拭《ふ》かれた。水気がすっかり取れたところで、籠《かご》に入れていたお守り袋を身につける。その天神様のお守り袋は、ほたるが捨て子だった時から首に下げていた、大切なものだ。

「髪を整えるから、じっとしておいで」

「はい」

伸び放題で荒れていた髪に、女中頭が櫛《くし》と鋏《はさみ》を入れる。しゃきり。じょきり。頭が軽くなるたびに、切り揃《そろ》えられた襟足が涼しい。風呂上がりの体をぶるっ、と震えさせていると、いったい今日は何事か、ほたるは絹の着物を着せられた。

「きれいなきもの——」

上等なそれを見て、ほたるは円《つぶ》らな瞳を見開いた。つぎはぎだらけの、自分の着ていたものとは全然違う。

「これをほんとうに、おれがきてもいいの？」

「ああ。これも旦那様のおはからいだよ。新之助《しんのすけ》様のお下がりだ。ありがたや、ありがたや」

「しんのすけ、さま」

ほたるは、奥様といつも庭で遊んでいる、この青戸屋の跡取り息子の新之助のことを思い浮かべた。

快活で、丸々と肥えていて、よく笑う。奥様は新之助をことさらに愛していて、お腹《なか》を痛めた我が子に向ける優しげな瞳は、ほたるを蔑《さげす》み嫌う恐ろしい瞳とは、雲泥の差があった。

奥様が新之助に向ける優しさを、ほんの少しでも分けてもらえたら、ほたるはどんなに幸せかしれない。しかしそれは、けして望んではならない我《わ》が儘《まま》だった。

「お前の方が新之助様より歳上なのに、裾《すそ》がだいぶ長いね」

「直してやる暇なんかありゃしないよ。——さあ、ほたるこっちへ。旦那様がお待ちだ」

慣れない着物を着せられたほたるは、裾を引き摺《ず》りながら、脱衣所を出た。短くなった髪からは、石鹸のいい香りが漂って鼻がむず痒《がゆ》い。くん、と自分自身を嗅《か》ぎながら、畳の座敷へ上がると、そこで旦那様と奥様が待っていた。

「——おお、見違《みちが》えたな、ほたる」

近《ちこ》う寄れ、と旦那様に手招きをされて、ほたるは上座へと歩み寄った。

普段はしかめ面をしていることが多い旦那様が、今日は何故《なぜ》かにこやかだ。ほたるは不思議に思いながら、女中頭に言われた通り、小さな額を畳に擦り付けて礼をした。

「だんなさま、おくさま、あの……おふろ、いただきました。せっけんと、この、きものも。ありがとう、ございます」

「お前の普段の働きの褒美だよ。こうして身なりを整えると、お前もなかなかのものじゃないか。うん、うん。上出来だ」

旦那様はとても満足した様子で、ほたるの出《い》で立《た》ちに何度も頷いている。しかし、その隣に座っている奥様は、瓜実《うりざね》の美しい顔をにこりともさせなかった。

「あなた。早く用事を済ませてくださいな。わたくし、いっときもこれと同じ部屋にいたくはありません」

奥様の言葉は、いつも刃となってほたるの胸に突き刺さる。

奥様の柔らかな膝に、豊かな胸に、ほたるが我が子のように甘えてかわいがられた日々もあったというのに。

（おくさまは、しんのすけさまのことがすき。おれのことは、だいきらい）

本当はあの膝も胸も、ほたるだけのものだった。もう二度と触れられない温《ぬく》もりを思いながら、ほたるは体をいっそう縮めて、奥様の氷の眼差《まなざ》しに耐えた。

随分昔に奥様に拾われた後、養子としてこの青戸屋で暮らした在《あ》りし日のことを、ほたるはほとんど覚えていない。子供に恵まれなかった奥様は、目に入れても痛くないほど、赤ん坊のほたるを大切にしていたと聞く。ほたるはそのまますくすくと育って、旦那様の跡継ぎになるはずだった。

しかし、奥様のお腹に新之助が宿ったと分かった日から、邪魔者になったほたるの暮らしは一変した。養子の身分は剝奪《はくだつ》され、おもちゃで溢《あふ》れた部屋を追い出され、使用人の中で最も低い下働きへと落とされたのだ。

一度は『坊ちゃま』と呼んだやっかみからか、跡取りでなくなったほたるに、使用人たちは同情しなかった。仕事を失敗すれば殴られ蹴《け》られ、ご飯も抜かれて、これまで生きていられたことが奇跡なほどの、苦渋の毎日だった。

（もうずっと、おくさまにもだんなさまにも、おこえをかけてもらえなかったのに）

洗いたての髪の匂いと、染《し》み一つないお下がりの着物が、嬉しくないはずがない。明日はこの着物を汚さないように、褌《ふんどし》だけつけてどぶ浚いをしよう。凍《い》てつく雪が降ってもかまうものか、とほたるが心の中で勇ましく思っていると、旦那様が神妙な顔をして呟《つぶや》いた。

「ほたるや。今日はお前に、遣いを頼みたい」

「……おつかい……？」

「そうだ。これから言うお屋敷へ、この手紙を届けておくれ」

旦那様は羽織の懐から書状を取り出すと、それを部屋の隅に控えていた番頭に言って、ほたるに手渡させた。

「いいか、中を見ちゃならねぇぞ。けして封を開くな」

「は、はいっ」

番頭がやけに低い声で念を押してくる。旦那様の書状を盗み見るなんて、だいそれたことを、ほたるができるはずもないのに。

「ほたる。それは誰にも読まれてはならない、大事な手紙だ。他の者では信用できん。読み書きのままならないお前だからこそ、頼めることなんだ」

「そんなだいじなものを、おれに……っ。だんなさま、おいいつけ、まもります。けしてなかをみたりしません」

「よくぞ言った。──鶴蔵《つるぞう》、ほたるにあれをおやり」

へい、と返事をした番頭は、袂から出した飴玉《あめだま》の紙包みを一つ、ほたるに握らせた。

「奥様から、遣いの駄賃だ。お礼を」

「えっ…。おくさま、ありがとうございます！」

これ以上ない喜びが、ほたるの胸に湧《わ》いてくる。小さな飴に奥様の優しさが宿っているように思えて、ほたるはもったいなくて、それを首から下げているお守り袋にそっと忍ばせた。

「——ふん」

奥様はそんなほたるに一瞥《いちべつ》もくれず、高い鼻をつん、と上向けて、部屋を出て行く。奥様の太鼓帯の後ろ姿を、いとけない瞳で追っていたほたるへと、旦那様は静かに言った。

「手紙の届け先は、浅草七軒町《あさくさしちけんちょう》に住んでらっしゃる、藤邑《ふじむら》様という御方だ」

「あさくさしちけんちょうの、ふじむらさま」

大切な遣いの相手を忘れないように、ほたるは小さな唇を動かして繰り返す。聞き慣れない名前のその人は、旦那様の友人だろうか。それとも奥様の知り合いだろうか。詮索《せんさく》をしてはいけないのに、頭をくるくると回して、ほたるは初めての遣いに高揚した。

「いいか、ほたる。藤邑様から手紙のお返事をいただくまでは、けしてここへ帰ってきてはならん」

「はいっ。だんなさま。かならずおへんじをいただいてまいります」

「頼んだぞ。浅草は、この日本橋からは少々遠い。車を呼ぶから、乗って行くといい」

「ええっ、くるまにのってもいいのですか？　ありがとうございます！」

旦那様や裕福な客だけが使うあの乗り物に、ほたるが乗ることを許される日がくるなんて。

（ほんとうにきょうは、なんてひだろう。だんなさまがおやさしい。おくさまも、おれにお

だちんをくださった。ゆめならどうか、さめないで）

ほたるは嬉しくて跳ね出しそうな胸に、書状をぎゅう、と抱き締めた。地べたを這《は》うようなこれまでのつらい日々が、今日一日で報われたのだ、と、ほたるは信じてやまなかった。

＊

日本橋の青戸屋を出発し、ほたるが車に揺られて浅草七軒町に着いたのは、今から一刻ほど前のことだ。帝都一の繁華街と謳《うた》われる浅草の街はとても華やいでいて、遣いを頼まれた藤邑という人の屋敷も、日本家屋の本館に洋風の別館を繋《つな》げた、洒脱《しゃだつ》な風貌《ふうぼう》をしている。

見るもの全てが目新しくて、ほたるは藤邑の屋敷の中へ通されてからも、胸を弾ませてばかりいた。本館の客間の畳は青々として清《すが》しく、自分がそこへ足を踏み入れてもいいのかと、躊躇《ためら》うほどだった。

しかし、ほたるが覚えている限り人生最良の一日だったはずの今日は、着物を引き千切る衣《きぬ》裂きの音であえなく終わりを告げた。

どこもかしこも洗練された、美しいこの屋敷に、鬼が住んでいるとは思わなかった。怖くて血の気《け》を失ったほたるの頬《ほお》に、とめどない涙が伝う。

「う…っ、ひっく、うえっ、うう…っ」

「おとなしくしてろよ、小僧。あんまり泣くと、もっと酷《ひど》い目に遭わせるぜ？」

「ひぃ、ん――」

びりびりと、男の荒くれた手で着物が引き裂かれていく。袖《そで》を失い、身頃を失い、それらが散らばる畳に頬を埋《うず》めて、ほたるは泣きながら唇を噛《か》んだ。

（どうしよう。くわれる。だんなさまにいただいたきもの、ぜんぶやぶかれてしまった）

ぐ、と息を飲み込んで、また悲鳴を上げそうになるのをこらえる。旦那様に命じられた遣いとは、この男に食べられることだったのだろうか。ほたるがもし文字が読めて、旦那様の書状を盗み見ていれば、あるいは逃げられたかもしれない。しかし、下働きのほたるは、言いつけを忠実に守ることとしか教えられてこなかった。

（こわい――こわい）

鬼だ。この男は鬼だ。きっと指には尖《とが》った鉤爪《かぎづめ》が生えている。その爪でほたるの生皮を剝いで、食ってしまおうとしているのだ。

（てんじんさま、おにからおれを、おたすけください――！）

これまでも旦那様や使用人たちに折檻《せっかん》をされるたびに、胸から下げたお守り袋を握り締めて耐えてきた。

褌さえも剝ぎ取られ、がたがたと震えるほたるの体を、男は猛禽の瞳でねめつける。舌なめずりの音が聞こえたようで、ほたるは怯《おび》えて閉じていた瞳を、さらに瞼の奥へとしまい込んだ。

「いっちょまえに、お守り袋なんぞを下げてやがる」

「こ…、これは、これだけは…っ、とらないで」

「ふん。罰が当たっては困るからな。――しかし、まったく色気のねぇ体だ。あちこち痣《あざ》がある上に、痩せ細って見れたもんじゃねぇ」

鶏《とり》がらのようなほたるの鎖骨から、胸骨、浮いたあばら、ひもじくていつもへこんでいる腹まで、男は指でゆっくりと辿《たど》っていく。くすぐるようなその感触は、鳩尾《みぞおち》の辺りで止まった。

「何だこれは。胃の中は空っぽか？　お前、飯を食ったのはいつだ」

「ごはん……？」

ほたるは頭の中で必死で数えて、右手の指を、三本立てた。

「三時間前か。それにしちゃあ、腹がえらく薄い」

ぶるっ、と首を振って、ほたるはか細い声を出す。

「ごはんをたべたのは、きのうの、まえのまえ」

「三日前だァ？　おい、目を開けてこっちを見ろ」

ぶるぶるっ、とまたほたるが首を振ると、男は苛《いら》ついた指で、瞼を無理矢理抉《こ》じ開けた。涙で潤んだ瞳を覗《のぞ》き込んで、ほたるの頭の中まで探ろうとするように、じっと視線を注いでくる。

「こ、こ…っ、こわいよう」

「うるせぇな——。怯えちゃいるが、目の奥に濁りはない。まともに飯を食わせりゃ、頬も丸くなって多少はましな顔になるだろうに。お前の主人は、豚は太らせて食えという言葉を知らねぇらしいな」

「ひく…っ、やっぱりおれを、たべるんだ」

「お前は借金のかただと言ったろう。お前を食うかどうかは、俺の胸三寸だ。こんなちんくしゃな小僧を差し出したところで、金の返済のほんの一部にもならねぇってのに。迷惑なことだ」

獣が唸《うな》るように囁《ささや》くと、男は何を思ったか、ほたるを畳に伏せさせて、検分するように痣を数え始めた。

「一つ、二つ、——九つ、十、十一、くそ。きりがねぇ。こっちはまだ生傷じゃねぇか」

男が指差した右肩の後ろから背骨にかけて、赤黒い腫《は》れができている。三日前、女中頭の財布から金を盗んだと濡れ衣を着せられて、ひどく蹴られ、殴られた痕《あと》だ。

ほたるの体には、そんな風についた痣が無数に残っている。治る前に新しい痣をつけられ

るから、治る暇がない。三日の間、ご飯抜きにされたのも、ほたるがやってもいない盗みを認めなかったからだった。

（このこわいおにも、おれをなぐってから、むしゃむしゃとたべるんだろう）

長年積み重なった痛みの記憶で、無意識に体が震えてきて、ほたるはいっそう瞳を潤ませた。すると、男の手が徐《おもむろ》にほたるの髪を摑み、顔を上へと向けさせる。

「お前、主人には何と言われてここへきた」

「……おてがみをわたして、へんじをいただいてこい、と。へんじをいただくまでは、おやしきにかえってきては、いけない、って」

「おい、笑わせるなよ。お前は自分を売った主人のところへ帰りたいのか？」

「わかりません――」

「あァ？」

「おてがみのへんじをいただくことが、おれのおつかいです。そのほかのことは、わかりません」

「この野郎。白けたことを言うと、その口に俺の拳《こぶし》をぶち込むぞ」

ぎろり、と鬼の形相で睨みつけられて、ほたるの痣の残った肩がまた震える。

怖くても、自分の身が危うくても、旦那様の言いつけは絶対だ。物心がついた時から、ほたるはそう厳しく躾《しつ》けられてきた。

「おれを、な、なぐる、まえに、あなたさまのへんじを、ください」

「お前……」

「おつかいができないと、おれはだんなさまに、いらないやつだといわれます」

「頭の鈍い野郎だな。だからお前は、いらなくなって俺に売られたんだろうが」

「おれには、むずかしいことはわかりません。おねがいです。おてがみのへんじをください。おつかいを、ちゃんとできたあとで、あなたさまになぐられて――たべられますから」

「何だそりゃあ。お前は馬鹿か。大馬鹿か」

旦那様の言いつけを守ることしか知らないほたるを、男は穴が空くほど凝視している。すると、裸の背中にじっとり冷たい汗が浮かんだ後で、男は不意に、ほたるの髪を摑んでいた手を離した。

「ったく、お前のような呆《あき》れた馬鹿は初めてだぜ。安心しろ。殴ったりしねぇから」

「え……っ」

「俺は自分より小せぇ者を痛めつけて、楽しむ趣味はねぇよ」

にや、と悪童のように微笑《ほほえ》まれて、ほたるは怖がりながらも、男に見入った。

(おにが、わらった?)

片方の端を上げた薄い唇に、すっと通った形のいい鼻。眼光の鋭い獰猛だった瞳は、今は凪《な》いだように穏やかでいる。男の顔を、ほたるが自分からまっすぐに見つめ返したのは、これが初めてかもしれなかった。

「俺の返事はこうだ」

男はそう言うなり、畳の上の書状を拾い上げて、びりびりと破き始めた。小さな欠片となった白い紙が、ほたるのぽかんと口を開けた顔の前で、まるで雪のように散っていく。

「——銀次《ぎんじ》！　いるか！」

「はいっ。ここに」

客間と外の廊下を仕切る障子を開けて、誰かがすぐさま返事をする。男は、ぱん、ぱん、と手を叩いて紙屑《かみくず》を払うと、偉丈夫な足元に落ちていた羽織を取った。

「日本橋の青戸屋へ、遣いを出せ。主人に返済を少し待ってやると伝えろ。貴様のところの忠実な僕《しもべ》に免じて、情けをかけてやるとな」

「はい」

「それから、この小僧を台所へ連れて行って、飯を食わせろ。いいか、痩せっぽちの体を二度と俺に見せないように、これから毎日、満腹になるまでこいつの口に飯を放り込め」

「——はい。かしこまりました」

いったい何が起きているのだろう。障子の向こうから現れた男が、鬼に命じられるままに頭を下げている。二人の姿をきょとん、と見ていたほたるは、不意に温かな羽織の中へと体を包まれた。

「小僧。これでお前はお役御免だ。お前の主人から、俺はお前を買った。たった今から、お前は俺のものだ」

「あなたさまの、もの……?」

「そうだ。お前、名は何という」

「……ほたる」

「源氏名かよ。本当の名じゃねぇだろう」

「おれのほんとうのなまえは、しりません」

「訳ありか。まあいい、そいつは追々聞こう。いいかほたる、今日からお前はここで暮らせ」

「ここで——?」

ほたるは驚いて、円らな瞳をますます丸くした。旦那様に騙され、売られたほたるに、帰るべき場所は既にない。

「お前は二度と、元いた青戸屋に帰らなくていい。俺がお前の新しい旦那様だ」

「あたらしい、だんなさま。あなたさまに、おれは、ほうこうをするのですか?」

「そうだ、ほたる。俺の名は冬吾《とうご》。この浅草で鬼の高利貸しと呼ばれている、藤邑冬吾だ」

羽織の上から、冬吾は大きな両手で、ほたるの肩を摑んだ。その瞬間に、ほたるが長く閉じ込められていた寒く暗い世界へと、一筋の明るい光が射してくる。

「おれの、あたらしいだんなさまのおなまえは、ふじむらとうごさま」

「冬吾でいい。この屋敷の者は、誰もがそう呼ぶ」

「とうごさま――」

何故だろう。その名前を囁いただけで、ほたるは唇が仄《ほの》かに温まった気がした。

地を這いずって生きてきたほたるに、自分のことを鬼と呼ぶ男がくれた光。しかし、闇《やみ》を見過ぎたほたるには、その光はまだ眩《まぶ》しくて、冬吾を見上げて瞬きを繰り返すことしかできなかった。

二

浅草七軒町の藤邑冬吾といえば、客の流した涙で御殿を建てた、悪辣《あくらつ》非道な高利貸しとして有名な男である。

不景気なこの世の中で、銀行では金を借りられなくなった実業家や、没落の憂き目に遭っている華族などに、法外な利子をつけて金を融通するのが高利貸しの生業《なりわい》だ。当年とって二十八歳の冬吾は、この仕事を始めて七年になる。世間では拝金主義といって、高利貸しや株屋を忌み嫌う者も多いが、冬吾は金の流れを掌《てのひら》の上で自在に操ることに、天賦の才を持っていた。

「――どうかお願いいたしますよ、藤邑さん。八百円ほど、都合をつけていただけないでしょうか」

「借りるのは易いが、返すのは難儀だ。それを承知の上なら、月に三割の利子で手を打とう」

「三割……。それはまた、たいそうな重荷だね」

「急ぎの金が必要なんだろう？　今年は大豆の値が安い。先物で出した損の穴埋めをしなきゃ、あんたのとこの工場は、捩子《ねじ》一本まで債権者に持ってかれるって話じゃねぇか」

「さすが、地獄耳の藤邑さんだ。――ようがす。月三の利子で、八百円お借りいたします」

「ああ。すぐに証文の用意をさせよう。銀次、筆と硯《すずり》だ」

「はい」

「ありがとうございます。巷《ちまた》では藤邑さんのことを鬼と呼ぶ者もいるが、金策に走る私らにとっては仏様だ」

「ははッ。俺は人に鬼と呼ばれるのは、そう嫌いじゃねぇぜ？」

冬吾は一見磊落《らいらく》で、とても人当たりのいい男だ。金を貸して儲《もう》けを得る自分の生業が、信用で成り立つ客商売であることを熟知している。だからこそ愛想よく笑いもするし、金を貸す相手には筋の通った誠意も見せる。

しかし、ひとたび金の返済が滞れば、冬吾の態度は一変した。愛想笑いなど一切見せず、彼の性根が鬼そのものであることを隠しもしないのだ。

「返済の期日は今日からきっちり一月後だ。一日遅れれば、一割利子を増やす。——あんたのところには、確か年頃の娘がいたな」

「待ってくださいよ。娘の話は、どうかよしてください」

「いいや、やめねぇ。あんたが金を返せねぇ時は、娘を吉原の遊郭に沈める。それで足りなきゃ、次はあんたの奥方だ。年増《としま》好みの裕福な旦那の情婦になってもらおう」

「ちょっ、藤邑さん……っ」

「なあに、あんたが借りた金をちゃんと返せば問題はない。そら、証文の割符だ。八百円と一緒に持って行きな。娘と奥方は担保だ。万が一にも、金を踏み倒して逃げようなどと思うなよ」

「は……っ、はい──。肝に銘じます」

冬吾のもとへ金を借りに来る者たちは、童謡のように『行きはよいよい、帰りは怖い』と言ってはばからない。

返済のままならない者ほど、実際は冬吾に利益をもたらす上客だ。相手の財産の全てを剝ぎ取り、果ては家族をも売り飛ばす。そのことに罪の意識を感じるほど、冬吾は青臭い人間ではなく、中途半端な正義感も持ち合わせていなかった。

──金に魂を売った、血も涙もない鬼。

──『冬』の名をつけられた男に相応《ふさわ》しく、心は氷のように凍てついて、人の痛みなど解さないのだろう。

身ぐるみ剝がれて土下座をする客たちが、愚劣な言葉でどう罵《のの》しろうとも、冬吾は傷一つつかない。返せない金は借りなければいい、と、客に証文を突きつけて不敵にほくそ笑む。それが飄々《ひょうひょう》と世を渡る高利貸し、藤邑冬吾という男だった。

「いいか、ほたる。一回しか言わないから、しっかり覚えろ。お前が最初に通された部屋は客間だ。冬吾様に金を借りに来る連中も、まずはあそこで面談する」

「はい」

「客の中には、金に困って殺気立った奴も多い。お前はあんまり、あの部屋には近付くな」

「はい」

借り物の羽織姿で素直に頷くほたるへと、銀次は頷きを返した。銀次は冬吾の右腕で、高利貸しの仕事を手伝っているらしい。隣り合って歩く二人分の足音が、藤邑邸の廊下に静かに響いている。

「今歩いてきた廊下を、右へ曲がっていくと、本館から洋館へ繋がる渡り廊下に出る。仕事が休みの時は、冬吾様はたいがい洋館で寛《くつろ》いでいらっしゃる。屋敷の中はどこでも出入り自由だ。…っと、こっちへきな。屋敷の使用人を束ねてる奴を、お前に紹介してやるよ」

そう言うと、銀次は廊下伝いに垂れ下がっていた、紺色の暖簾《のれん》をくぐった。そこは土間の台所で、竈《かまど》で何かがぐつぐつと煮える音や、包丁でまな板を叩く軽快な音が響いている。

「清武《きよたけ》、いるか」

「銀次さん。いらっしゃいまし」

器用に包丁を操っていた男が、銀次の声に気付いて振り向いた。前掛けを着けたふくよかな体の上の方に、眼鏡をかけた優しげな顔が乗っている。

「夕餉《ゆうげ》の支度で忙しいとこ、すまないな。冬吾様のご命令だ。この新参者に握り飯でも食わせてやってくれ」

「はい、食事のご用命ならいつでも——おやまあ、随分痩せた子だ。いったいどこで拾ってきなすったの」

「客の借金の代わりに、今日から冬吾様が預かるそうだ。ほたる、こいつは板前の清武だ。毎日うまい飯を作ってくれる。清武、このちっこいのはほたる。妙な名だが、俺たちの弟分だと思って、何かと助けてやってくれ」

「承知しました。ちょうど今、ご飯が炊けたところです。大きな握り飯をこさえましょう」

ふん、ふふん、と鼻歌を鳴らしながら、清武は釜《かま》の中身をしゃもじで混ぜ始めた。真っ白な炊き立てのご飯を前に、ほたるの腹がぐうぐう鳴り始める。その音を聞きつけて、銀次は笑った。

「ははっ。子供の腹は正直だな」

「このごはん、おれがたべてもいいんですか？　のこりめしじゃなくても……？」

「ん？　何だよお前、青戸屋で毎日残り飯を食わされていたのか？」

「はい」

「そいつは大損だね。ご飯は炊き立てが一番おいしいんだよ」

ほたるは清武が手を赤くして作っている握り飯を見て、ごくん、と喉を鳴らした。本当にあの白いご飯を食べても叱《しか》られないのだろうか。見ているととても腹のすくあれは、どんな味がするのだろう。

「銀次さん、握り飯の具は、漬菜に昆布《こんぶ》の佃煮《つくだに》に梅干し、ちょいと待ってもらえれば鮭《さけ》も焼けますよ。お前ほたると言ったね、何が好きだい?」

「え…っ、ええと」

食事というのは、与えられるものを、与えられた分だけ食べることだと、ほたるは思っていた。たとえ黴《かび》が生えた残り飯でも、虫の浮いた汁物でも、青戸屋では文句を言うことは許されなかったからだ。

(おれのすきなもの、わからない)

清武に返答ができなくて、困っている間に、ほたるの腹の虫はどんどん大きく育っていく。ぐうぐうきゅるる、と暴れ放題のその虫を見かねたように、銀次はほたるの肩を叩いた。

「ほたる。こういう時は、全部、って言えばいいのさ」

「ぜんぶ——?」

「そうだ。たらふく食って、お前はまず、その骨と皮だけの体をどうにかしろ」

「でも、たくさんたべたら、ぶたのようにふとって、とうごさまにたべられてしまいます」

「阿呆《あほ》。あの御方はな、痩せた女子供が何より嫌いなんだ。鬼と呼ばれちゃいるが、一度懐に入れた者にはよくしてくださる御方だよ。だから安心して食って太れ。釜の中の飯、お前がたいらげたって冬吾様は怒らないから」

「ええっ？　そんなのうそだ……っ」

「嘘じゃないよ、ほたる。ご飯がなくなったら、また炊けばいいのさ。――そら、握り飯ができた。たんとおあがり」

「う、うんっ、あ、はいっ！　いただきまふっ」

いただきます、と言うより早く、ほたるは出された握り飯を口に入れた。ほこほこのご飯の甘み。海苔《のり》の香り。ほんのりと感じる塩気と、梅の爽やかさ。この世にこんなにおいしいものがあるなんて！

「う、うまっ、おいひ、あつっ、んぐっ」

「おいおい、喉を詰まらせないように、ゆっくり食えよ」

「はひっ。……んっ、んう、ぎんじさん、きよたけさん、おれ、こんなにおいしいもの、はじめてたべた」

「嬉しいねえ。お褒めに与《あずか》ったから、おまけの汁物でも作ってあげるよ。待ってな」

夢中で握り飯を頬張るほたるを、銀次と清武が顔を見合わせて笑っている。人に笑顔を向けられると、ほたるの胸の中でふわりと羽根が舞ったような、心が温かくなるような、いい気持ちがする。

（とうごさまも、おれにわらってくださった。とうごさまはおになのに、わらったかおは、

ちっともこわくなかった）

頬にご飯粒をつけたまま、ほたるは握り飯をいくつも食べた。いくつ食べても、銀次も清武も叱らなかったから、食べているうちに切なくなってきて、ほたるの両方の瞳から涙が溢れた。

青戸屋の屋敷で、どんなにつらい目にあっても、泣かないようにしていたのに。痩せた自分の腹が膨れていくのは幸せなことなのに、どうして涙が出るのだろう。

「おい、ほたる？　何を泣いてる」

「梅干しがしょっぱかったかい？」

「ごめんなさい。なんでも——なんでも、ありません」

冷たい残り飯より、ずっとずっと、温かい炊き立てのご飯はおいしい。ほたるは握り飯をもう一口頬張って、泣きながらそれを喉に流し込んだ。

浅草は、朝がくるのが少し遅い街だ。夜じゅう飲んで騒いだ旦那方や、その旦那方の相手をする芸者衆が眠りにつく頃、浅草の街にようやく日中に働く人々が溢れ出す。

屋敷の庭先が白い霜で覆われた、一月半ばの寒い朝。長年嗅いでいた茶問屋の香りに変わ

って、起き抜けのほたるの鼻をくすぐるのは、台所に満ちる味噌汁《みそしる》の匂いだ。くうん、と子犬のように鼻を鳴らして、朝餉まで待てない空《す》きっ腹を慰めていると、前掛け姿の凜々《りり》しい清武がほたるを呼んだ。

「ほたる、お湯が沸いたよ。今誰も手が離せないから、すまないけれど冬吾様のお部屋に持って行っておくれ」

「はいっ」

「この新聞も一緒に頼まれてくれるかい？　桶は重たいから、気を付けて行ってくるんだよ」

「はい！」

湯を水で冬吾の好みの温度に埋め、その桶を盆に載せて、ほたるは台所を出た。

毎朝冬吾は、寝床で洗顔をする。冬吾の身の回りの世話をすることになったほたるは、今、少しずつ新しい仕事を覚えている最中だ。

「えっと、みぎにまがって、つぎをひだり」

まだここで働き始めていくらも経たないせいで、洋館にある冬吾の寝室に辿り着くまで、入り組んだ廊下を迷いそうになる。しかし、ほたるが何かしら困っていると、使用人仲間がすぐに助けてくれる。

「違うよ、ほたる。右の次はもう一度右だ。そこから渡り廊下をずうっと歩いて、階段を上って左だよ」

「あっ、そうか！　ありがとう」

廊下の曲がり角に飾ってある、金魚の鉢の水を換えていた女中が、ほたるの目的地を指で示して教えてくれた。

青戸屋の屋敷にいた頃は、誰にも相手にしてもらえなかったせいで、ほたるは嬉しくて、冬吾の使用人たちとすぐに打ち解けた。毎朝、寝癖の髪を梳いてもらったり、着物のお下がりをもらったり、みんな優しくしてくれる。ここにはほたるを蔑んだり理不尽に扱ったりする者はいない。

（なにからなにまで、あおとやのおやしきと、ここはちがう）

売られて始まった冬吾の屋敷での暮らしは、ほたるの以前の暮らしとは、まったく違っていた。折檻の生傷が絶えなかったほたるの体は、ここへきてから随分と癒えた。誰もほたるのことを殴ったり蹴ったりしないし、下働きの仕事はみんなで分担をすることになっていて、ほたる一人に汚くてつらい用事を押し付けられることもなかった。

一番風呂を冬吾が使う他は、使用人たちも毎日風呂に入り、ほたるも熱い湯に肩まで浸かって温まることができる。何よりもありがたかったのは、いつも山盛りのご飯を食べられることだ。清武の作る料理は頬が落ちるほどおいしくて、ほたるはついおかわりをしてしまう。

ご飯をおかわりすると、清武も銀次も褒めてくれるから、ほたるの体は日に日に元気に、そして大きくなっていった。痩せて浮いていたあばら骨が、どんどん健やかな肉に隠されていくのを、風呂場の鏡でほたるは何度も確かめた。

その風呂場で、ほたるは冬吾の背中を流し、着替えを手伝い、冷たい茶を給仕したりする。前の下働きに比べたら、ほたるの仕事は随分と楽だ。ひもじい思いをしなくていい上に、使用人部屋の一角に布団の寝床をもらえて、給金までもらえる。ほたるを一人の人間として扱ってくれるこの屋敷は、きっと天国に違いない。

（あおとやのだんなさまに、だまされたときは、かなしかったけれど、いまはかなしくない。てんじんさまがおれに、あたらしいしごとと、あたらしいだんなさまをくださったんだ）

何もかも変わった暮らしの中で、ほたるが首から下げているお守り袋だけが、変わらない唯一のものだった。ほたるは天神様にありがとう、と唱えながら、洋館の階段を上がって、冬吾の寝室へと辿り着いた。

「とうごさま、おはようございます。おかおをあらうじかんです」

「――ほたるか。入れ」

「はい」

黒檀《こくたん》の贅沢《ぜいたく》な造りの戸を開けると、ベッドという名の西洋式の寝台に寝そべっていた冬吾が、のっそりと体を起こす。

室内が少し酒臭いのは、昨夜きっと冬吾が深酒をしたからだ。あくびをしている彼の膝の上に、これまた西洋式のタオルという分厚い布を敷いて、ほたるは湯桶の盆をそこに置いた。

「どうぞ。とうごさま」

「おう、いい湯加減だ」

桶に手を浸した冬吾が、満足そうに微笑む。ほたるは小さめのタオルを持って、冬吾がぱしゃりと顔を洗うのを待った。

「お前も顔は洗ったか？」

「はい。おふろののこりゆをもらいました」

「このくそ寒い時期に、湯船はもう水になってただろう。遠慮なく湯を沸かして使え」

「でも……、おれがゆをつかったら、もったいないから」

「俺がいいと言ってんだ。他の使用人に許していることは、お前にも許す。青戸屋の屋敷じゃどうだったか知らねぇが、ここでは俺の言うことに従え」

「――はい。とうごさま」

冬吾は、よし、と返事をすると、ほたるの手元からタオルを取った。荒っぽい仕草で顔を拭きながら、今朝配達されたばかりの新聞を読み始める。

大判の新聞の一面に、小さな字がみっしりと並んでいるが、ほたるには何が書かれているのか分からない。右から読むのかも、左から読むのかもさっぱり分からず、小首を傾《かし》げていると、新聞の頁をめくっていた冬吾が溜息《ためいき》をついた。

「また八幡《やはた》の製鉄所で労働争議《デモ》か。世相が悪いのは金貸しにとっちゃありがたいが、こうも多いと落ち着かねぇな」

「『でも』？　とうごさま、『でも』って、なんですか？」

聞き慣れない言葉に興味が湧いて、冬吾に尋ねてみる。冬吾は新聞から目を上げると、ほたるの質問に答えてくれた。

「デモにもいろいろあるが、この製鉄所では、雇われ人たちが『給金を上げてくれ』と直談判《じかだんぱん》してるのさ。今は不景気でどこの会社も尻に火がついてるから、安く人を雇おうとする。あんまり給金を下げ過ぎると、雇われ人も食っていけなくて、双方で大喧嘩になるんだ」

「けんかをするんですか――？」

「ああ。ひとたびデモやストライキが起きれば、会社の運営は滞り、株も下がる。だから会社は、雇われ人が文句を言わねぇように力で抑え込もうとして、さらにデモをくらう悪循環に陥る訳だ」

「すとらいき？　かぶ……？　あくじゅんかん？」

「はは。お前にはだいぶ難しかったか」

「はい。ごめんなさい……」

冬吾は世情に詳しく、新聞や書物を毎日嗜《たしな》む教養のある人物だ。彼の口から出てくる言葉は難しくて、ほたるはついていけないことが多い。ほたるがもし文字が読めたら、新聞で世の中のことを知って、冬吾ともっとたくさん話ができるかもしれない。

（おれも、もじをよみたい。とうごさまみたいに、しんぶんや、ほんをよんでみたい）

しかしそれは、ほたるが長い間、口に出してはいけない願いだった。

青戸屋の屋敷にいた頃、跡取り息子の新之助の絵本が捨てられていたことがあって、ほたるは塵《ごみ》置き場からそれをこっそりと拝借した。その本の表紙には、半分に割った桃から子供が出てくる絵が描かれていたことを覚えている。文字を教えてほしいと女中頭に頼んだら、勝手に絵本を拾ったことを咎《とが》められて、ほたるの目の前でそれを焼かれてしまった。

――一生地べたを這う下働きのお前が、文字を読めたって仕方ない。二度とこんな真似をするんじゃないよ。

ほたるの頬を叩きながら、女中頭は冷たくそう言った。それ以来、ほたるは文字を読みたい気持ちを我慢してきた。同じ年頃の使用人たちが、毎朝連れ立って学校に手習いに行くのを、羨《うらや》ましく思って眺めているだけだった。

「なあ、お前。こいつを読んでみたいのか？」

「え……、いいえっ」

女中頭に言われたことが、まるで楔《くさび》のように胸に刺さって、ほたるを苦しめる。文字を読みたいなんて僭越《せんえつ》だと、冬吾も言うかもしれない。

「お、おれ、あたまが、わるいから、しんぶんなんて、よみたくない」

「それはお前の本心か？　怒らねぇから正直に答えな。嘘をついても、お前のためにならねぇぞ」

「とうごさま……」

ほたるがじっと新聞を見つめていたことに、冬吾は気付いていたらしい。ほたるは恐る恐る首を振って、嘘をつくのをやめた。

「とうごさま、おれ、もじがよめたらいいって、まえからずっとおもっていました」

「そうかい。至極当然の願いだな」

すると、冬吾はベッドから起き出して、新聞の第一面の日付を指差した。

「この今日の日付を見な。『一月』。これは数字、つまり数を数える文字の『一』。お前が右手の親指を折る時の数字だな。こっちは『月』。夜空に浮かぶ、まんまるお月さんと同じ字だ」

「いちと、つき、で、いちがつ」

「次は『十八日』。数字の『十八』と、お天道様と同じ意味の『日』。全部で『じゅうはちにち』と読む」

「じゅうはちにち。きょうは、いちがつじゅうはちにち」

ほたるは自分の指を折って、数を数え始めた。十より上に進むことができないでいると、冬吾が小さく苦笑する。

「お前には読み書き算盤《そろばん》が必要だ。学があれば、人に騙されたり、利用されたりすることもなくなる。会得するのは簡単じゃねぇが、どうだ、がんばってみる気はあるか」

「はい。おれ、とうごさまみたいに、しんぶんをよんでみたいです。ほんや、えほんも、たくさん」

「たくさんか。——よし。朝飼が済んだら、出かける用意をして玄関で待っていろ。お前を塾へ連れて行ってやる」

「じゅく？」

「俺の友人が開いている、読み書き算盤の学び舎《や》だ。そうと決まったら、腹がへった。俺の着替えを出せ」

「はいっ」

ほたるは寝室の奥へとぱたぱたとかけて、そこにあった箪笥《たんす》の抽斗《ひきだし》を開けた。ずっと思い続けてきた、文字を学びたい願いが叶《かな》う。ほたるは嬉しくて仕方なくて、冬吾の着物を取り出す両手を震わせた。

冬吾の着替えを手伝った後、洋館から本館へ戻り、使用人の食事部屋で朝飼をいただく。今朝も茶碗のご飯は山盛りで、清武が炙《あぶ》ってくれた鰯《いわし》の干物がとてもおいしかった。

「冬吾様、お車でお送りいたしましょうか」

「いいや、お前は今から客のところへ取り立てだろう。一時ほど経《た》ったら、壱筆堂《いっぴつどう》の裏手に力車を呼ぶよう手配しておいてくれ」

「かしこまりました。お気をつけて行ってらっしゃいまし。ほたる、迷子にならないように、ちゃんと冬吾様の後ろをついて歩けよ」

「はいっ、いってきます」

銀次に見送られて、ほたるは玄関を出た。履き慣れない下駄《げた》をからころとやって、昨夜のうちに降った雪に足跡をつけて歩く。凍えるように寒かった夜が嘘のように、朝九時を過ぎた街の通りは、陽射しがぽかぽかと暖かかった。

私塾、壱筆堂は、冬吾の屋敷からさほど遠くない浅草七軒町の細筋に建つ、閑静な庵《いおり》だ。代書屋を営んでいる主人が無償で開いている塾で、貧しくて学校へ通うことのできない子供たちや、読み書き算盤を学びたい大人を集めて、毎日手習いをしている。

学校制度が確立した大正の世とはいえ、ほたるのように、自分の名さえ書けない無学の者は珍しくなかった。しかし、教育は庶民が貧しい暮らしから抜け出す大きな手段でもある。大店やその屋敷で奉公をする傍ら、立身出世を願う者がたくさんいて、壱筆堂はいつでも盛況だった。

「ハナ、ハト、マメ、マス。はい、復唱して」

「ハナ、ハト、マメ、マス」

「元気な声だ。今度はゆっくりと復唱しながら、丁寧に筆で書いてみよう。ハ――ナ」

「ハ――ナ」

「ハ――ト」

ほたるは畳の上にちょこん、と座って、教室として使われている座敷の一番後ろから、文字の手習いの様子を眺めた。つぎはぎの着物を着た、歳も性別も様々な十人ほどの生徒が、熱心に半紙へ筆を走らせている。

「先生、俺、全部うまく書けたよ、見て」

「どれどれ。……うん、だいぶ上達したようだ。でも、ナとメを間違っているね。手本をよく見て、書き直しだよ」

「いっけね。はあい、先生」

失敗をして照れくさそうに笑う子供の頭を、先生と呼ばれた人の真っ白な手が撫《な》でる。彼が艶《つや》めいた黒髪を後ろで束ねて、長く背中へと垂らしている様は、まるで妙齢の女のようだった。

（きれいなひと。くろいかみと、くろいめが、ほそいおかおによくにあってらっしゃる）

男を見て綺麗だと思うのは、ほたるは生まれて初めてだった。先生の白いすべらかな頬が、青戸屋の奥様の面影に少し似ている。

（おくさま。おげんきだろうか）

最後の最後まで、自分に背を向けていた人のことを思うと、ほたるの胸が、きゅう、と痛む。奥様に似た、どこか憂いを含んだ美しい横顔に見惚《みと》れていると、ほたるの視線に気付いた先生が、にこりと笑って手招きした。

「こちらへおいで。みんなと書き取りの手習いをしよう」

「おれも、ごいっしょしていいのですか？」

「学びたい者は、ここでは誰でも等しく生徒だ。名前は？」

「ほたるです」

「ほたる。なんて風流な名前だろう。私は鴻上紫乃《こうがみしの》。紫乃先生と呼んでくれたら嬉しい」

「しのせんせい。よろしくおねがいいたします」

「うん。誰か、新しい仲間に筆と半紙を貸しておあげ」

はい、はい、とほとんどの生徒が手を挙げて、ほたるのために筆記具を貸し、席を空けてくれた。ほたるは隣で胡坐《あぐら》をかいている冬吾に一礼をすると、喜び勇んで生徒たちの輪の中へと入っていった。

「それでは、ほたると一緒におさらいをしよう。ハ――ナ」

「ハ――ナ」

ほたるは見よう見まねで筆を握った。猫の髭《ひげ》のような『ハ』を書いたら、力の加減が分からなくて、半紙を破ってしまう。

「ああ……っ」

「ほたる、筆はそっと、花を摘《つ》む時のように持つといい。ハナは、花。野に咲く花を片仮名にすると、ハナになる」

「……ハナ……」

ほたるは教室の開け放った障子戸の向こうを見て、庭先に咲く椿《つばき》の花を指差した。

「あのつばきのもじを、おしえてください」

「おやすい御用だよ。みんなも覚えよう。ツ——バ——キ」

「ツ——バ——キ」

紫乃はほたるの右手を取ると、柔らかく筆を握らせたまま、半紙に穂先を滑らせた。なめらかに墨を運んだツバキの文字が、ほたるの瞳を輝かせる。

「ツバキ。このもじが、ツバキ。——とうごさま……っ」

ほたるは冬吾の方を振り返って、誇らしげに半紙を掲げて見せた。自分にも文字が書けた。紫乃が手ずから教えてくれたその文字に、冬吾は、ああ、と頷いて、切れ上がった眦《まなじり》を細めている。

「その調子でようく学べ。紫乃、そいつをよろしく頼む」

「承った。冬吾、お前も一緒に書き取りをやるかい？」

「よせよ。ハナハトマメマスは、尋常小学校でとっくに済ませた。俺はこれから野暮用がある。あの椿を少し、もらって行くぞ」

「——ああ、今日は十八日だったね。構わないけれど、お前は荒っぽいから、優しく手折っておくれ」

「ふん」

冬吾は大柄の体を揺らして立ち上がると、濡れ縁を下りて庭へ出た。さくりさくりと雪を踏み締めてから、冬の季節でも青々とした椿の枝へと指を伸ばす。

（とうごさま——？）

赤いその花を手折る一瞬、ほたるには冬吾の横顔が、痛みに歪んだように見えた。棘《とげ》でも刺さったのかと思っていたら、椿に降り積もっていた雪がはらりと散って、彼の指先で融《と》けて消えていく。冬吾はそのまま、武骨な手に椿の花を携えて、玄関の方へと去って行った。

「しのせんせい、とうごさまは、つばきをもってどこへいったの？」

「墓参りだよ。毎月、八のつく日はああやって、亡くなった人に花を手向けに行くんだ」

「だれがなくなったんだろう」

「それは私の口からは言えない。冬吾の気が向いたら、ほたるにも話してくれるよ。さあ、手習いの続きをしよう」

「……はい」

紫乃に頭を撫でられながら、ほたるは再び筆を握った。要領を得ない書き順で、たどたどしく半紙を文字で埋めていく。読み書きを教わることが楽しくて、夢中で筆を動かしているうちに、ほたるは自分の書く字の他は何も目に入らなくなっていった。

三

一月の大寒の頃を過ぎると、帝都は本格的な雪の季節を迎える。巷で流行している感冒をもらわないように、ほたるはうんと厚着をして、買い物籠を片手に通りを歩いていた。

「ごめんくださいい。ねぎをひとたばと、だいこんをにほんくださいな」

「はあい、毎度ありがとうございます」

近所の八百屋の看板娘が、お遣いにきたほたるに愛想のいい声で応える。清武から預かった二十銭紙幣を着物の袂から出して、ほたるは一生懸命に値段を数えた。

(ねぎがごせん、ろくせんのだいこんがにほんで――ええと、じゅうにせん。ふたつあわせて、じゅうはち、ううん、じゅうななせん)

二十銭から十七銭を引いたら、おつりは三銭だ。清武には、おつりで買える分だけ、ほたるの好きなものを買っていいと言われている。お遣いは計算の手習いでもあるのだ。

「お待ちどうさま。全部で十七銭になります。大根の泥は落としておきましたよ」

「ありがとう。それから、みかんもみっつください」

大根の葉っぱがはみ出した籠に、一つ一銭のみかんを入れてもらって、ほたるは屋敷へと戻った。

紫乃の塾で学んだおかげで、十以上の数を数えられるようになった。足し算や引き算もつい この間教わったばかりで、自分にできることが増えるのは、とても嬉しい。

「きよたけさん、ただいま。おつかいをしてきました」

「ご苦労様、表は寒かったろう。お金は足りたかい？」

「はい。おつりでみかんをかったの。きよたけさんもどうぞ」

台所にいた清武に、みかんを一つ手渡すと、彼は眼鏡をかけた顔をくしゃりとやって、遠慮がちに微笑んだ。

「悪いねえ。じゃあありがたく、ご相伴に与るよ」

残りの二つのみかんは、ほたるが気兼ねなく食べていい。しかし、おつりで何かを買わせてもらった時、ほたるは冬吾にも感謝を忘れなかった。

「とうごさまに、みかんのおれいをしてきてもいいですか？」

「ああ、行っといで。ちょうどお茶の時間だから、冬吾様に珈琲《コーヒー》をお出しするところだったんだ」

「こうひい？」

「焙煎《ばいせん》した豆で淹《い》れる、舶来の飲み物さ。冬吾様のお気に入りの品の一つだよ」

茶の支度をしていた清武は、やたら口の細いやかんで、煎《い》った豆を粉にしたものの上に湯を注いだ。ほたるが嗅いだことのない、香ばしい湯気が白く立ち昇る。しかし、猫脚の西洋骨董《こっとう》の器を満たしていたのは、真っ黒で苦そうな飲み物だった。

「きよたけさん、これはほんとうにのみものなの？　すみみたいだよ？」

「あははっ。なるほど、墨か。確かに似ているねえ」

清武がやかんの湯を回し入れながら、おかしそうに笑っている。彼は何かいいことを思いついたように、ほたるの顔を覗き込んだ。

「ほたるも淹れてみるかい？」

「え…っ」

「お前はかわいい弟分だから、特別にやり方を教えてあげるよ。上手にできたら、冬吾様もきっとお喜びになる」

「ほんとう？　おれにもできるかなあ。おねがいします、きよたけさん。おしえてください」

冬吾が喜ぶと聞いたら、ほたるも黙っていられない。清武に珈琲の作法の初歩の初歩から手ほどきを受けて、挽《ひ》き豆の量をきっちり計る。まずは少ない湯でじっくりと豆を蒸らし、次にたくさんの湯を注いで布で濾《こ》したら、一滴一滴、珈琲の雫《しずく》が抽出された。

「わあ、ちゃいろのおゆがでてきた。……こげたみたいなにおい……」

「深く煎った豆だからね。ご一新の前は、大名様が薬として飲んでいたらしいよ」

「だいみょうさま？　こうひいは、えらいひとののみものなんですか？」

「何せ値の張る品だからね。この豆は大きな海を越えて、メリケンよりも遠い、伯国《ブラジル》から渡ってくるんだってさ」

「ぶらじる、どこにあるくにだろう。しのせんせいのじゅくにあるちずで、あしたさがしてみよう」

世の中はほたるの知らないことだらけで、土に水が染み込むように、柔らかい頭が新しい知識を吸収していく。文字すら学んではいけなかった青戸屋とは違い、この屋敷ではほたるが好奇心を満たそうとするのを、誰も邪魔しなかった。

「きよたけさん、つぎのおゆをそそいでもいい？」

「いいよ。布の縁についた灰汁《あく》には、湯が当たらないように気をおつけ。たったそれだけで味が変わってしまうから」

「はい」

ほたるはやかんを持ち上げて、慎重に湯を注ぎ足した。初めて淹れた珈琲は、冬吾に褒めてもらえるような味になっただろうか。茶菓子とみかんを載せた盆に、清武が先に淹れていた珈琲と、自分が淹れたそれを並べて、ほたるは冬吾が仕事をしている書斎へと向かった。

本館の奥にあるその部屋は、机と書棚に囲まれた静かな一室で、冬吾がよく書き物をする時に使っている。裏庭に張り出した廊下を歩いていると、珈琲の香りに誘われたのか、冬吾が書斎から出てきた。

「とうごさま、おちゃをおもちしました」

「ほたる。茶が遅《おせ》ぇから台所へ催促しに行くところだったぞ。どうしたお前、清武にこき使われてるのか？」

「ちがいます。こうひいのいれかたをならいました。きよたけさんのと、あじくらべをしてください」

「おう、そいつは楽しみだな」

珈琲を零《こぼ》さないように、はらはらしながら運んできたほたるの盆を、冬吾はひょいと取り上げた。冬吾の後を追って書斎に入ると、火鉢の中の橙《だいだい》色の炭が、ほたるを歓迎するように爆《は》ぜている。

「今日の茶菓子は人形焼か。このみかんは何だ？」

「おつかいのおつりをけいさんして、かってきました。とうごさまに、おれいのしるしのおすそわけです」

「そうか……。平仮名の読み書きすらできなかったお前が、もう計算ができるようになったのか。塾に通い始めて十日も経ってねぇのに、お前は思った以上に、利発な頭をしてるのかもしれねぇな」

冬吾はふむ、と顎《あご》を撫でながら頷くと、ほたるの方を向き直った。

「お前の淹れた珈琲はどっちだ？」

「ゆげがたくさんでているほうです」

「ん。いただこう」

座椅子に体を預けた冬吾は、ほたるに温かな毛皮の座布団を勧めて、珈琲を啜《すす》った。

（じょうずにいれられたかな……）

こく、と動いた冬吾の喉を、ほたるは、とくん、と胸を鳴らしながら見守った。短いはずの沈黙の時間が、やたらと長く感じる。すると、冬吾は味のことは何も言わずに、ほたるに両方の珈琲を差し出した。

「お前はこの手のものを飲み慣れないだろう。試してみろ」

「――はい」

言われるままに、自分が淹れた珈琲を一口飲んでみる。あまりの苦さに、ほたるは舌をひん曲げた。

「うええええっ。とうごさま、にがいです……っ」

「お前、何て間抜けな顔だ、そりゃあ」

むぎゅ、と頬を摘《つま》まれて、ほたるはますます泣きそうな顔をした。とても人間が飲むものとは思えない。口の中に苦味と焦げ臭さが纏《まと》わりついて、なんとも不快だ。

「おれ、こんなものをとうごさまにのませたなんて。ごめんなさい」

「謝んじゃねぇ。どんなことも、覚えたてってのは、そんなもんだ」

「くちがねじれそうです、とうごさま。きっとこれは、くさったのみものです」

「馬鹿野郎。腐っちゃいねぇよ。手習いだと思って、今度は清武の珈琲を飲んでみな」

「もうにがいのはいやです」

涙目で訴えるほたるの口を、冬吾は笑いながら人形焼で塞《ふさ》いだ。カステラの生地の中に入っていた、甘い小豆《あずき》の餡《あん》が、しつこい苦味をごまかしてくれる。

「ほら、ほたる。もっぺん口を開けろ」

「うう……っ」

冬吾に鼻を摘まれて、ほたるは無理矢理、清武の淹れた珈琲を飲まされた。せっかく人形焼で中和されたのに、また舌の上に苦味がやってくる。

「んくっ、ごく。——う?」

おかしい。少しも苦くない。ほたるは瞳をぱちくりと瞬《しばた》かせて、冬吾を見上げた。

「とうごさま、あの、これは、どうして?」

「うまいだろう」

「はいっ。おなじいろをしているのに、あじもかおりも、おれのとぜんぜんちがいます」

ほたるはもう一口珈琲を啜って、やっぱりちがう、と繰り返した。清武の珈琲は、口に含むと豆の豊かな甘みと、緑茶にはないこっくりとした深みがある。教えられた通りに淹れたはずなのに、ほたるの珈琲と清武の珈琲との天と地ほどの違いは、どこから来るのだろう。

「清武も最初の一杯目はお前とそう変わらなかった。何度も失敗をして、奴は腕前を上げたんだ」

「とうごさま、おれも…っ、おれもれんしゅうをして、うでまえをあげたいです」

清武は、珈琲が冬吾の気に入りの飲み物だと言っていた。ほたるの腕前が上がったら、きっと冬吾に喜んでもらえる。

「おう。じゃあ今度から、珈琲の係はお前に申し付けよう。俺が厳しく鍛えてやる」

「はい……っ」

ほたるは座布団から退くと、畳に両手をついて、深く頭を下げた。

「とうごさま。おれにたくさんのことをまなばせてくださって、ありがとうございます。おれ、がんばります」

「やめねぇか、こら。俺は痩せ細った奴が嫌いだが、堅苦しい奴も嫌いなんだ。頭を上げろ」

「はいっ！」

がばっ、と体を起こしたほたるを、冬吾は片手で頬杖《ほおづえ》をつきながら見つめている。彼の唇は柔らかな笑みの形のまま、時間が経っても変わることがなかった。

無言でじっと瞳を向けられていると、ほたるはどことなく落ち着かなくなって、膝の上の両手をもじもじとさせた。

「とうごさま、おれのかおに、なにかついていますか？」

「いいや。随分顔色がよくなったと思ってよ。初めて見た時は青白い頬をしてたが、今はだいぶふっくらして、見られる顔になった」

染み入るような静かな声でそう言って、冬吾が長い腕を伸ばす。ほたるの頰を大きな掌で包むと、冬吾は以前よりも丸みを帯びたそこを、確かめるように指で撫でた。

「もう前みたいに瘦せんなよ。——ここも、血の気が戻って、うまそうな色になったな」

ほたるの赤い唇を、冬吾の親指の腹が押す。うまそうという言葉に、出会った時の鬼の怖さは潜んでいない。痛くさせないように力を抜いた、冬吾の優しい触れ方に、ほたるは我知らず瞳を細めた。

「飯は足りてるか」

「……はい。いつもやまもりのごはん、おいしいです」

「夜はよく眠れるか。布団が薄くはねぇか」

「はい。ふとんは、なやのゆかよりもやわらかくて、よくねむれます」

「納屋？」

「おれのねどこは、ずっとそこでした」

冬吾がひそやかに息を詰めたのを、ほたるは間近で感じた。優しかった彼の親指が強張《こわば》って、ほたるの唇の上から離れていく。

「青戸屋じゃ、布団も使わせてもらえなかったのか」

「おれはしたばたらきだから、ふとんでねたら、しかられます。このおやしきにきて、はじめてあったかいねどこをもらえて、うれしいです」

ほたるは心底そう思って微笑んだ。今が寒い冬でも、布団の中は温かい。冬吾のもとへ売られて来るまで、そんなことさえ知らなかった。冬吾が教えてくれた温もりだ。

「お前、自分が今までどんな扱いをされてきたか、分かってるか？　清武も銀次も、この屋敷の連中はみんな、お前のことを素直で働き者だと言っている。俺もそれには同感だ。使用人として申し分のないお前を、青戸屋は何故疎んだ？」

「なぜって――」

ほたるは言葉をなくして、奥様や旦那様、青戸屋の人々の顔を、一人一人思い浮かべた。物心がついた頃には、もうみんなから嫌われ、蔑まれていたから、自分がそんな風に扱われる理由を考えたこともなかった。

「ここへ売られてきた時、お前の体は痣と生傷だらけだった。見るに堪えねぇ折檻には、何か理由があったはずだ」

「……………」

「ほたる」

口ごもるほたるを、冬吾は自分の方へと引き寄せて、いっそう近くから覗き込んだ。顔と顔が触れ合うほどの距離では、とうてい冬吾に嘘をつくことはできない。

「せっかんをされたのは――おれが、ぬすみをしたと、うたがわれたから」

「ほたる。お前は人のものを盗《と》ったりしねぇだろう」

「……とうごさま……、おれのことを、しんじてくださるのですか？」

ほたるはこれ以上ないくらい大きく瞳を見開いて、冬吾を見上げた。

「目と顔を見りゃ、お前が曲がったことをしねぇ奴だとすぐに分かるさ。無実の罪の折檻はつらかったろう。お前、よく耐えたな」

ほたるの体に刻まれた痛みを、冬吾はいたわってくれた。もうすっかり癒えて消えた、痣のあったほたるの背中を、着物の上から冬吾の手が撫でていく。温かなその手が、頭までくしゃくしゃと撫でてくれたのを、ほたるはうっとりと感じていた。

「もっとお前のことが聞きたい。青戸屋で奉公していたのは、親のつてか何かか」

「おやはいません。おれは、かわのはしげたのしたでひろわれた、すてごです」

「何だと……」

「おくさまとだんなさまは、すてごのおれに、なまえをくださいました。おれがひろわれたとき、かわにたくさんほたるがとんでいたから、おれのなまえは、ほたるなんです」

夏の季節を控えた、水無月《みなづき》の雨上がりの夜。露草の葉の茂みに埋もれるように、ほたるは捨てられていた。首に天神様のお守り袋を下げ、白いおくるみに包まれて、蛍《ほたる》の舞う中をか細く泣いていたという。

川の水がもう少し増えていたら、あるいは、朝まで誰も泣き声に気付かなかったら、ほたるの命はきっとなかった。たとえ拾われた後の暮らしがつらいものだったとしても、ほたるの中の、青戸屋への恩は消えたことがなかった。

「あおとやのおくさまは、おれのかあさまになってくださったんです。ちいさかったおれはおぼえていないけれど、とてもかわいがってくださったって。でも、おくさまにこどもができて、おれはいらなくなりました」

「勝手な話だな。お前を拾っておいて、もう一度捨てたも同然だ。折檻なんぞされる前に青戸屋を出て、他に奉公先を見付けてもよかったんじゃねぇのか」

「おれをそだてていただいた、ごおんがあります。ほうこうするのはごおんがえしです」

「恩返しはもう十分だろうが――」

冬吾の声が、もどかしそうに低く掠《かす》れた。ほたるが耳をそばだてたその一瞬に、冬吾はほたるを力強く抱き寄せて、珈琲の香りが染みた髪に頬を埋めてくる。

「とうごさま……？」

「馬鹿野郎。お前は、しなくてもいい苦労を背負《しょい》い込んだんだぞ。お前を川へ捨てた親は、今どこにいやがる」

「しりません。いきているのかも、わかりません」

「会いたいとは思わねぇのか」

自分を捨てた親の顔も、名前も、ほたるは知らない。しかし、縁遠い両親のことを、今ま

で頭に思い描かなかった訳ではなかった。会えるものなら、会いたい。どんな人で、どんな暮らしをしているのか、知りたい。

「いつか、あえたら、いいです」

「会ったらお前の両親に、恨みつらみをぶつけてやれ。お前らのせいでさんざんな目に遭ったと」

「いいえ。うらんではいません。ほんとうのかあさまととうさまに、あたまをなでてもらえたら、うれしい。さっき、とうごさまがしてくださったみたいに」

「こいつ。……鬼の手でいいなら、いつでも代わりに撫でてやるよ」

鬼の手――。ほたるを骨が折れるかと思うほど強く抱き締めている、冬吾のその手は、確かに鬼の手かもしれない。

（でも、とうごさまのては、おれがしっているだれよりも、あったかいんだ）

楽しい昔話ではなかったのに、冬吾はほたるの話を全部聞いてくれた。胸の奥にあった閊《つか》えが、少しだけ軽くなった気がする。

「ほたる。お前にはきっと、両親がつけた本当の名があったんだろうな」

「はい。でも、どんななまえだったのか、しることはもうできません」

「……ああ。それならば、青戸屋の主人と奥方は、一つだけいいことをした。『螢《ほたる》』は命の限りで光り輝く、小さな生き物の名だ。健気《けなげ》なお前にぴったりの、いい名だと思うぜ」

「とうごさま……」

自分に与えられた仮の名を、そんな風に褒めてくれたのは冬吾が初めてだった。冬吾にはたると呼ばれることが、くすぐったくて、そして誇らしい。

(これからさきも、おれはずっと『ほたる』だ。ありがとうございます。とうごさま)

火鉢の炭が爆ぜる音を聞きながら、ほたるは口を噤《つぐ》んで、冬吾の腕の中で長い時を過ごした。満ち足りた時間だった。


冬吾の屋敷で暮らし始めてから、しばらくが過ぎた。ほたるは毎日のように紫乃の塾へと通っている。買い揃えたばかりの筆や硯は、ほたるが初めての給金で賄《まかな》ったものだ。清武が持たせてくれる弁当を、仲間の生徒たちと一緒に食べるのも、ほたるの塾の楽しみの一つだった。

「ほたる。平仮名と片仮名はすっかり書けるようになったね。今日から一日に一つ、ほたるの好きな漢字を覚えよう。花の名前でも鳥の名前でもいい。百日経ったら、百の漢字を覚えられるよ」

「はい、しのせんせい。おれ——とうごさまのおなまえを、おぼえたいです」

「自分の名前が先じゃないのかい?」

「ううん。とうごさまのおなまえがいいです。『とうご』のかんじは、どうかくのですか？　しのせんせい、おしえてください」

ほたるがねだると、紫乃は半紙に、美しい文字で『冬吾』と書いた。

文字には平仮名と片仮名、そして漢字の三種類があることを、ほたるはこの塾に通い始めてから知った。海の向こうには、その三つと全く異なる文字を使う、異人と呼ばれる人々がいるらしい。紫乃が見せてくれた地球儀の中の、ほんの小さな島国が、今暮らしている自分の国だと知って、ほたるは仰天してしまった。

「このかんじが、とうごさまのおなまえ？」

「そうだよ。冬吾は冬の季節の生まれだから、この名をつけられたらしい」

ほたるは紫乃の手本を見ながら、筆を動かした。半紙を破らずに文字を書くのは、もうお手の物だ。息を止めて慎重に走らせる穂先は、手習いを始めて一番緊張している。

「……できた……」

はあっ、と盛大に息を吐くと、ほたるを見守っていた紫乃や、仲間たちが笑った。ぎこちなく綴《つづ》った『冬吾』は、けして上手とは言えない。しかし、白い紙に自分で書いた漆黒の漢字が、ほたるには特別なものに思えた。

「もっとじょうずに、かきたい」

ほたるはもう一度硯に筆を浸すと、半紙の空いた場所に、同じ名を書いた。それを繰り返していくうちに、少しずつ字の格好がよくなる。

ほたるは最も出来栄えのいい『冬吾』を紫乃に選んでもらい、屋敷へ持って帰ることにした。

「冬吾さまに、おみせしよう。もうおしごとはおわってらっしゃるかなあ」

冬吾はとても忙しい男で、昼間屋敷で客に会うこともあれば、借金の取り立てに外出をすることもある。夜は夜で、浅草寺裏の一帯に広がる花街に通い、華やいだ芸妓《げいこ》たちと戯れていた。

花街によく御伴をしている銀次の話では、偉丈夫で遊び慣れた冬吾を、どんな芸妓も放っておかないらしい。男女の話や、酒色のことはまだよく分からないほたるでも、冬吾の堂々とした男っぷりや、きりりと引き締まった精悍《せいかん》な顔が、すこぶる女にもてるだろうとは想像ができた。

「おや、ほたるじゃないか。壱筆堂から今お帰りかい？」

屋敷に戻る道の途中、ほたるは派出所の前で声をかけられた。詰襟の制服に、勇ましいサーベルを腰に下げた巡査が立っている。

「はい。おしごと、ごくろうさまです。じゅんささま」

「よせやい、様なんて柄じゃない。槇《まき》さんでいいよ」

槇という名のその巡査は、ほたるがこの街で暮らし始めてできた、知り合いの一人だ。街の治安を守るために、槇は見回りを熱心にしていて、人の出入りの多い冬吾の屋敷にもよく顔を出す。紫乃の壱筆堂に見回りにくる時は、ほたるや他の仲間たちにおやつのふかし芋《いも》をくれたりする、優しい人でもあった。

「今日もよく手習いをできたか？」

「はい。冬吾さまのおなまえを、かんじでかけるようになりました」

「そうかそうか。壱筆堂は何たって先生が美人で、教え方が上手だ。今にほたるも、紫乃さんみたいな達筆になるぞ」

槇はたいそうな紫乃贔屓《びいき》で、壱筆堂で茶を出されると必ず長居をする。彼の言う通り、紫乃は美しい容姿に似合いの、とても美しい字を書くのだ。

「ほたる、屋敷まで送っていこう。もう日が陰ってきて、子供の一人歩きは危ないから」

「ありがとうございます」

夕餉の時間に近くなった空は、夕焼けの茜《あかね》色から、宵《よい》の口の藍色へと変わっていた。槇と一緒に通りを歩いて行くと、四つ辻《つじ》を曲がったその先に、冬吾の屋敷が見えてくる。いかつい顔と体つきをした門衛《もんえい》が、ほたると槇に気付いて片手を挙げた。

「ただいまもどりました」

「おかえり。すいやせん、槇巡査。こいつを送ってくだすったようで」

「礼には及ばないよ。冬吾の奴は在宅か？」

「居りはしますが、今はちょいと、忙しくしていますんで。――ほたる、今日は玄関は使わずに、勝手口から中に入りな」

「え？」

「ちょうど面倒な来客があってよ。冬吾様に、おっかない角が生えてらっしゃるんだ」

門衛は自分の坊主頭の上に、指で二本の角を立てると、勝手口の方へ向かって顎をしゃくった。ほたるは槙と顔を見合わせて、何事だろう、と小首を傾げた。

この屋敷に住んでいれば、時々、客間で冬吾が怒鳴る声を聞くことがある。冬吾の怒りの矛先は、たいがい借金の返済が滞った客だ。その猛《たけ》り狂った声ときたら、ほたるの背筋がぞくっと寒くなるほどだった。

「早く行け、ほら。お前にもとばっちりがくるぞ」

「は、はいっ」

ほたるが勝手口へと駆けようとしたその時、玄関の方でひどい物音がした。

女中の悲鳴と、三和土《たたき》の履物を蹴散らす音。思わずそちらを振り向いたほたるの前に、頭から血を流した男が二人、ごろごろと転げ出てくる。

「わあっ…っ！」

「ほたる、俺の後ろに」

腰のサーベルを抜いた槙が、ほたるを背中へ庇《かば》ってくれる。地面に蹲《うずくま》っていた男たちは、血のついた頬を砂利や泥で汚しながら、大声で吠《ほ》えた。

「て、てめえっ！　俺たちにこんな真似をして許されると思ってんのか！」

「うちの親分が黙っちゃいねぇぞ、藤邑！」

「――馬鹿野郎が。やくざが怖くて、金貸しができるか」

玄関の奥から、大きな黒い影がゆらりと現れる。冬吾だ。暗がりから二つの目だけが金色に光って見えて、ほたるは本物の鬼が出てきたのかと思った。

「おい、てめぇらの親分に言っておけ。俺から客を奪いたきゃ、払うもんを払えとな。力尽《ず》くで話をつける気なら、どうぞかかってきやがれ。いつでも相手になってやる」

ばきぼき、と指の骨を鳴らして、冬吾は男たちを睨みつけた。鬼の形相の凄《すさ》まじい迫力に、その場にいた者全員が冷や汗をかく。ほたるはまるで自分が叱られたように怖くなって、槙の制服を握り締めながら、がたがたと体を震わせた。

「と、冬吾っ、何があったか知らないが、暴力はいけないぞっ」

「槙か。お前、そいつらを引き取れ。俺に商売を畳めと脅してきやがった」

「脅し？」

「迅正会《じんせいかい》の親分殿が、この界隈で金貸しの同業を始めたらしい。客の横取りを企《たくら》んで、俺の手下に危害を加えやがった。先に手を出してきたのはそいつらだ。善良な臣民を守るのが、お前ら巡査の務めだろう」

「高利貸しのお前が善良かどうかは、判断に迷うところだ」

「はッ、公僕が偉そうな口を叩きやがる。——ああ、胸糞悪《むなくそわる》ぃ。銀次、屋敷の隅々に清めの塩を撒《ま》いとけ！」

「はい」

「ほたる！」

「はい…っ」

「風呂へ入る。お前は俺の背中を流せ」

「は、はい！」

ほたるは槇に送ってもらった礼をすると、冬吾の後を追った。屋敷の廊下をのしのしと歩いていく冬吾の背中は、まだ怒っている。その足音に驚いたように、廊下の曲がり角に飾ってある金魚鉢の中で、赤い出目金が尾ひれを跳ねさせた。

（やくざにけがをさせて、冬吾さまは、だいじょうぶかな。とてもこわいひとたちだって、きいたことがある）

ふと冬吾の右手を見ると、握り締めた拳が血で赤くなっていた。あの男たちの血だろうか。廊下にぽたりと、金魚よりも鮮やかな赤い雫が滴っていく。

「冬吾さま、てが」

「あァ？　くそっ、やくざ者の汚ぇ血か」

冬吾は無頼漢そのままに、羽織の裾で血を拭《ぬぐ》った。それを廊下へ脱ぎ散らかして、風呂場のある棟へと歩いていく。

「いたくありませんか？　おいしゃさまをよびますか？」

「俺は無傷だ。あんなまともに話のできねぇ連中とは、お前も付き合うなよ。碌《ろく》な奴らじゃねぇ」

「はい。おれ、やくざをはじめてみました」

「普通に暮らしてりゃ、縁のない種類の連中だからな。――そういや、お前、塾の帰りだったんだろう。毎日よく通ってるって、銀次と清武が褒めてたぜ」

「じゅくのみんなと、てならいをするの、たのしいです。あの……っ、冬吾さま。冬吾さまに、おみせしたいものが、あります」

「ん？　何だ」

冬吾は立ち止まって、ほたるの方を振り返った。廊下を歩いている間に、怒りが少し収まったのか、さっきまでの鬼の形相が和らいでいる。

ほたるは心の中でほっとしながら、手習い道具が入った風呂敷包みを開けた。

「これ――。おれが、かきました」

大事にしまっておいた半紙を広げて、冬吾にそれを手渡した。ほたるの拙《つたな》い筆で書いた『冬吾』。あちこち線の歪んだそれを、冬吾は瞳を細めて見つめた。

「俺の名だな」

「はい。きょう、しのせんせいにならいました。かんじはむずかくして、まだへたくそだけれど、もっとれんしゅうして、じょうずになります」

「……何だ、そりゃあ。随分としおらしいことを言うじゃねぇか」

冬吾は唇の片側だけを持ち上げて、複雑な顔で笑った。眦がほんの少し赤いから、照れているのかもしれない。そう思うと、ほたるの首の後ろも赤くなって、途端に気恥ずかしくなってきた。

「お前の名を書いた半紙はないのか？」

「はい。……いちばんに、冬吾さまのおなまえを、おぼえたかったから」

「こいつ。俺の機嫌の取り方まで、塾で教えられたか。ええ？」

冬吾が大きな掌で、ほたるの頭をくしゃくしゃと撫でる。髪が指に絡まって痛いのに、冬吾に褒められたようで嬉しくて、ほたるはされるがままになった。

（冬吾さまが、またわらってくださった）

鬼の冬吾がたまに見せる、笑った顔。見ているとほたるの胸がほんわり温かくなって、冬吾にいつまででもその顔でいてほしくなる。

「習ったばかりにしちゃ、うまく書けてる。計算の方が覚えが早いのかと思ったら、漢字を書くのもなかなかのものだな。お前はとても見込みのある奴だ」

「ほんとうですか……っ？」

「俺は嘘はつかねぇよ。きっと、お前が持ってる天神様のお守りの加護だ。知ってるか？天神様は学問の神様なんだぜ」

「がくもんのかみさま」

「ああ。お前の頭は、人よりだいぶ飲み込みが早い。たった半月前の、青戸屋にいた頃の自分と比べてみな。今のお前には、できることもやりたいことも、両方山のようにあるはずだ」

冬吾の言う通りだった。最初はただ、文字を読みたいだけだったのに、学を身につけた今のほたるは、世の中の知りたいことがたくさんある。あのまま下働きの暮らしを続けていたら、『冬吾』と自分の手で書くこともできなかった。

「冬吾さま、おれ、冬吾さまのおなまえをおぼえることができて、うれしい」

「――そうかい。自分の名より先に、俺の名を覚えるなんてな。まったく参るぜ。いじらしいお前に、何か褒美をやらねぇと」

「ごほうびなんて、いりません。まいにちじゅくでおしえてもらうことが、ごほうびです」

「欲しいものはないのか。駄菓子や飴なら、すぐに買ってやれるぞ」

冬吾は着物の袂や、懐に手を入れて、財布を探し始めた。

ほたるの欲しいものは、もう冬吾が全部与えてくれた。毎日満腹になるまで食べてもいいご飯と、温かい風呂、布団の寝床。世話焼きで優しい使用人仲間に、読み書き算盤を教えてくれる先生。気さくな七軒町の街の人々。もう十分満たされているのに、今以上に何かを欲しがったら、欲張りだと天神様に叱られてしまう。

「あ――」

ほたるは、はっと思い出したように、いつも首から下げているお守り袋を、着物の襟元から引っ張り出した。

「おれ、あめだまなら、もっています。まえのおやしきのおくさまに、いただいたの」

「飴玉？　青戸屋の奥方にか」

「はい。これ…っ」

ほたるはお守り袋の細い組み紐《ひも》を引っ張って、中にしまっていた飴玉を取り出そうとした。しかし、紙に包まれていたはずのそれは、袋の内側に溶け出していて、ほたるの指を汚してしまう。

「あれ？　冬吾さま、あめだまが、みずになっています。どうしてだろう？」

「お前、そんなもんの中に入れてりゃ、体の熱で溶けちまって当然だ。……あぁあ、指にべっとり飴がくっついてやがる」

「おくさまが、おれにくださった、だいじなあめだまだったのに……」

ほたるは、ねとねとと汚れた自分の指を見つめて、悲しくて泣き出しそうになった。飴玉がもったいなくて食べなかったことを後悔した。

「ほたる、そんなにつらそうな顔をするな。飴でも金平糖でも、俺が好きなものを買ってやるよ」

「冬吾さま」

「風呂場で手を洗え。ったく。世話が焼ける小僧だな、お前は」

冬吾は仕方なさそうに苦笑すると、ほたるの手をすいっ、と取って、指先を舐《な》めた。

「え…っ」

冬吾の赤い舌が、指を汚した飴の粘りを舐め取っていく。柔らかくて湿った、奔放に動く彼の舌。ほたるは首の後ろの赤みを耳にまで広げて、動けなくなった。

「とっ、冬吾さま、なにをなさっているのですか……っ」

「んぁ？　お前の指が、甘くてうまそうだと思ってよ」

「く……くすぐった、い」

「後でちゃんと濯《すす》いでやるから——」

言葉を言い終わらないうちに、冬吾は、ぴくりと眉《まゆ》をひそめた。指を舐めていた舌を引っ込めて、口の中でそれを一回しする。

「冬吾さま？」

飴の味を確かめるように、冬吾は目つきをきつくして、しばらく何かを考えていた。ほたるが訝《いぶか》ると、彼はやおら顔を上げて、舐め取ったはずの飴を口から吐き出した。

「ほたる、そのお守り袋を渡せ！」

「え、な、なぜ？」

「いいから渡せ！　飴のついたお前の指には、絶対に触れるんじゃねぇぞ！」

ほたるが慌ててお守り袋を首から外すと、冬吾はそれを奪い取って、廊下を元来た方へと駆け出した。

「まってください、冬吾さま！」

大股《おおまた》で進んでいく冬吾の後を、訳も分からないまま追い駆ける。彼は廊下の曲がり角まで戻ると、出目金がひらひらと泳いでいる金魚鉢の中に、ほたるのお守り袋を投げ込んだ。

「おれのおまもりぶくろが……っ」

「動くな。黙って見てろ」

冬吾に制止されて、ほたるは金魚鉢へと伸ばした手を引っ込めた。お守り袋に水が入り込み、中の飴がじわじわと溶け出してくる。大きな餌をもらえたと、出目金が勘違いをして口を開けたその時、異変が起きた。

ばしゃんっ。赤い尾ひれを不自然に振って、出目金が暴れ始める。苦しそうに閉じては開く小さな鰓《えら》と、痙攣《けいれん》する鱗《うろこ》。やがて出目金は動かなくなり、丸い腹を見せながら水面に浮かんだ。その異変は一匹だけに止まらず、鉢の中の全ての出目金に起こった。

「なぜ…っ？　冬吾さま、きんぎょが、きんぎょがみんな、おなかをうえに…っ！」

ほたるは信じられない思いで、金魚鉢の中のむごい有様を見つめた。さっきまで元気に泳いでいた出目金が、お守り袋の周りを取り囲むように浮いて死んでいる。

「ああ……っ、ぜんぶ、うごかなくなった！」

「――毒だ。妙な味がすると思ったら、やっぱりあの飴に、毒が仕込まれてやがった」

ひっ、とほたるは息を呑んで、口元を手で押さえようとした。飴のついたままのほたるの指を、冬吾が咄嗟《とっさ》に掴む。

「おい！　何も触るなと言っただろうが。お前もこの出目金みたいになっちまうぞ！」

「でも、冬吾さま、冬吾さまはさっき、おれのゆびを」

ほたるは青い顔をして、冬吾を見上げた。本当に毒が仕込まれていたのなら、冬吾の身はどうなる。

「舐めたもんはすぐに吐き出したから、俺は何ともねぇよ。それよりお前、あの飴は本当に、青戸屋の奥方にもらったものか？」

「は――はい、でも、おくさまが、どくなんて」

嘘だ、とほたるは首を振った。飴玉に奥様が毒を仕込むなんて、そんなことあるはずがない。

「あれは、おくさまがおれに、ここへおつかいをするおだちんにくださったものです。どくなんて、はいっているわけがありません！」

「駄賃だと？　お前……っ、自分が殺されかけたことも分からねぇのか！」

「おれが——？　どうして」

「知るか馬鹿野郎！　俺はなあ、お前を最初に見た時から、青戸屋でどんな扱いを受けていたか、だいたいの察しはついてんだよ。お前を引き取ったのは気まぐれだったが、さっきみてぇに俺の名を覚えて喜んでるお前を見たら、そばに置いてよかったと心底思ったんだ。真正直なお前を騙した挙句に、毒を仕込むなんざ、ふざけた話を見過ごすことはできねぇぞ！」

廊下をびりびりと震わせるほどの、冬吾の大声が響き渡る。彼の剝《む》き出しの怒りが、ほたるの瞳に涙を浮かべさせた。

「なにかの、まちがいです。冬吾さま、冬吾さま……っ、おくさまは、すてられていたおれを、ひろってくださったひとです。おんじんなんです」

捨て子だったほたるを拾い、一度は母親として胸に抱いてくれた人。奥様が見つけてくれなかったら、きっとほたるは乳飲み子のまま息絶えていた。たとえ物心がつく前に、奥様にもういらなくなったと冷たく突き放されても、ほたるは命の恩人を疑いたくなかった。

「ほたる。これは間違いでも、冗談でもない。目の前で起こったことをちゃんと見やがれ」

金魚鉢を指差す冬吾に、ほたるは首を振った。開いたまま動かない出目金の瞳が、恨めしそうにほたるを見ている。

「おくさまはおれに、おだちんをくださっただけです。おくさまのことを、わるものみたいにいうのは、やめてください」

「まだ減らず口を叩くか。くそ……っ！」

それ以上何も言わせないとばかりに、冬吾はほたるを強く抱き寄せて、辺りを見回した。

「おい！　誰かいねぇか！」

「――はい！　お呼びでっ」

冬吾の怒声を聞きつけた銀次が、廊下の向こうから駆けてくる。息もできないほど胸に顔を埋めさせられて、ほたるは冬吾の腕の中でもがいた。

「冬吾様？　どうしたんだ、ほたるっ？」

「銀次、清武を呼んで、この強情な野郎を風呂場へ連れて行け。それが済んだら、ここへ青戸屋を連れてこい。青戸屋の主人、奥方、従業員から奥向きの使用人にいたるまで、全員雁《がん》首《くび》揃えて俺の前に引き据えろ！」

「は、はい！　すぐに！」

清武を呼びに、銀次が早足で台所の方へと向かっていく。冬吾の右手がほたるの髪を掴み、力任せに頭をのけ反らせた。

「あいつらには責めが必要だ。あの飴玉の落とし前をつけさせる」

「冬吾さま。だんなさまたちをよんで、なにをするおつもりですか」

「うるせぇ。青戸屋のことを旦那様と呼ぶな。お前の主人は、この俺だ」

握り締められた髪が、ぎりぎりと軋《きし》んだ音を立てている。ほたるの瞳から涙が零れ落ちても、冬吾の怒りは収まる気配がなかった。

(冬吾さまのかおが、またこわいおにになった。おれは冬吾さまの、わらっているかおがみたいのに)

ほたるは痛みに喘ぎながら、冬吾の怒りを静めようと、懸命に彼の着物の背中を摑んだ。絹の布地の下の冬吾の体が、微《かす》かに震えている。ほたるはそれを、自分が震えているせいだと思った。

「ほたる、ようく肩まで浸かるんだ。今日は寒いから、温まらないと風邪をひくよ」

「……うん——」

ほたるは元気のない顔で項垂《うなだ》れながら、髪の先から落ちた雫を払った。

冬吾の屋敷の広い湯船は、清武と二人で入っても十分余裕がある。清武はほたるの手を取ると、目を皿のようにして、手の甲と掌を何度もひっくり返した。

「毒の飴は綺麗に洗えたようだね。お前、大変な目に遭ったことが分かっているかい?」

「ううん、おれは、なにも。あめだまをたべてもいないし、へいき」

「ほたる……、とにかく、お前に何事もなくてよかったよ。――そろそろ青戸屋の連中が到着する頃だ。今日は茶も菓子も出すなと言われている。お前は風呂から上がったら、壱筆堂の紫乃先生のところへ行って、隠れていろとのお達しだ」

「きよたけさん、おれも、きゃくまにいってはいけない？　あおとやのおくさまに、どくのあめだまのことを、ききたい」

あの飴玉の毒が、間違いだったたという証《あかし》がほしい。そう訴えるほたるに、清武は難しい顔をした。

「冬吾様が、きっとお許しにならない。俺をお前の見張り役につけるくらいだもの。冬吾様は青戸屋に何の言い訳もさせないつもりだよ」

「でも――、おれだって、ほんとうのことをしりたい。おくさまは、おれをほんとうにころそうとしたの？　なぜ？　わからないから、おしえてもらいたいんです」

「ほたる……」

「きよたけさん、おねがいです。すこしでいいから、おくさまにあわせてください」

心の中に残る奥様への思慕が、ほたるを突き動かす。一心に清武を見上げていると、彼は根負けをしたように首を振った。

「遠くからこっそり見るだけだ。それ以上は、何もしてはいけない。約束できるかい？」

「うん…っ、やくそく、まもります！」

ほたるはすぐさま湯船から出て、脱衣所の引き戸を開けた。濡れた体のままで着物を着ようとすると、後ろから清武に叱られる。

「湯冷めをするよっ。これでしっかり拭くんだ」

清武は脱衣所の籠に入っていたタオルを摑んで、ほたるの頭をすっぽりと包んだ。タオルはこの屋敷では冬吾しか使わない贅沢品だ。手拭いとは違う、ふんわりと柔らかな風合いに、ほたるはびっくりする。

「きもちいい。とりのはねみたいにやわらかくて、あったかい」

「冬吾様のおさがりだよ。お前に使わせてやってくれと、風呂に入る前に託《ことづ》かった。どうやらあの御方は、お前を特別に気にかけてらっしゃるようだね」

「とくべつ……？」

「理由なく虐げられた者を、冬吾様はけして見過ごせない。鬼の顔の下に、あの御方はお優しい本当の顔を隠してらっしゃるんだ」

本当の顔――。それは、ほたるの胸を温かくさせる、冬吾が笑っている顔だろうか。『冬吾』と書いた半紙を見せた時の、あの嬉しそうな、照れくさそうな顔。もう一度それを見たいと、ほたるは心から思った。

（冬吾さまが、おやさしいひとなら、きっとあおとやのおくさまをゆるしてくださるはず）

ほたるは強く冬吾に願いながら、慣れないタオルで髪を拭いた。新しい着物で体を包み、湯上がりの綿入りの袢纏《はんてん》を着て、脱衣所を後にする。

「え…っ？」

客間へ急ごうとするほたるの足が、廊下の中ほどで、ふっと止まった。明かり取りの窓から見えた、雪のちらつく庭先の光景。池の水が凍りそうなほど寒いそこに、ほたるのよく知っている人々が膝をついて座らされている。

「――青戸屋の連中だ。客間も使わせないなんて…。お前はやっぱり、見ない方がいいよ」

「いやです。おくさま、だんなさま……っ」

主人は俺だと、冬吾にきつく言われたばかりなのに、ほたるは以前のように青戸屋の主人を旦那様と呼ぶことを止《や》められなかった。

いつも上等な着物を身に着け、日本橋きっての老舗の大店を率いていた旦那様が、今は見る影もない。着ているものは粗末な羽織で、無精髭をたたえた顔も、十は歳を重ねたように疲れ切っている。瓜実の美しかった奥様は、青白く凍えた頬を、骨が浮くほどやつれさせていた。

（あれはほんとうに、おれがしっている、おくさまとだんなさまなの？）

病気に臥《ふ》した人のような、虚《うつ》ろな瞳をしていたのは、その二人だけではなかった。後ろで正座をしている使用人たちも、寒さの中でがたがたと震えて、ひどく心細そうにしている。

ほたるは小さな格子の窓に齧《かじ》りついて、庭先の光景を凝視した。腕組みをして青戸屋の人人を見下ろす銀次と、他の手下たち。逃げないように見張っているのか、屋敷の門へと抜ける小路《こみち》に、門番がいかつい顔をして立っている。そして、庭を観賞するために階段状になっている広縁には、冬吾がどっかりと座って、居丈高に煙管《キセル》を吹かしていた。

「ふ、藤邑さん、この突然のお呼び立ては、いったい何でございましょう。借りた金のことでしたら、待ってもらえるお話でしたが」

「――おう、青戸屋。召し出しの理由を聞けるほど、てめぇの金策はうまく行っているのか」

「それは……」

「この間、返済期日を引き延ばしてやってから、もう半月以上も経った。そのしみったれた様子じゃ、一銭の利子さえ搾り出せねぇんだろう」

青戸屋の旦那様は、何も言い返せずに羽織の肩を落とした。地べたに跪《ひざまず》いた彼の着物に、融けた雪が冷たい水となって染み込んでいる。旦那様の隣で、奥様も小さく体を縮めていた。

(ああ――、おくさまのかみにも、ゆきが)

ほたるは自分の肩にかけていたタオルを、今すぐに奥様へ手渡したかった。

暖かな屋敷の中にいる自分と、寒く凍えて庭先で正座をしている青戸屋の人々。たった半月の時間が、ほたると奥様の立場を真反対にしてしまった。

「きよたけさん、おれ……っ」

「ほたる。余計なことを考えてはいけない。ここから動いては駄目だよ」

「ゆきのしたにいたら、みんなこごえてしまう。おくさまに、このタオルを」

「駄目だったら。さっき俺と約束をしただろう？」

「でも――」

「下手に青戸屋へ情けをかけて、ほたるは冬吾様のご不興を買いたいのかい？」

言い縋《すが》ろうとしたほたるを、清武はいつになく厳しい口調で諭す。すると、粉雪からぽたん雪へと変わっていく景色の中、ほたるの瞳に土下座をする旦那様の姿が飛び込んできた。

「も…っ、申し訳ありません。あと半月、いえ、十日待っていただければ、茶問屋の互助会から利子分の金が下りるかもしれません。どうかそれまで、私どもに、ご猶予を」

「ほう、そいつは何よりだ。で？　てめぇはその話に、どんな担保をつけるんだ」

「担保――ですって？」

「前に差し出してきた担保は、もう担保の役を為《な》さない。てめぇが書状に、煮るなり焼くなり好きにしろと書いた小僧のことだ」

ぴくっ、とほたるは耳の先を跳ねさせた。冬吾が口元に銜《くわ》えている銀細工の煙管から、篝《かがり》火《び》を焚《た》いた庭先へと、細い煙が漂っていく。

「俺が裸に剝いてやったら、泣いて怯えていやがった。あいつは馬鹿な下僕だが、自分が馬鹿だと分からねぇほど無垢《むく》な奴だ。鬼の餌にするのは、酷な仕打ちだったんじゃねぇのか」

「ほたるのことでございますか。あれは、私どもが拾って育ててやった捨て子でございます。

藤邑さんの慰み者になったとしても、これまでの恩を返せたと、きっと喜んだことでございましょう」

「……ああ。確かにあいつは、てめぇらのことを恩人と呼んだよ。駄賃の飴玉を大事そうにお守り袋に入れて、恨み言一つ言わなかった」

冬吾の声が響く庭先に、ざくっ、と雪を踏み締める音が混じる。冬吾の手下が、ほたるのお守り袋と出目金の浮いた金魚鉢を携えてきて、それを青戸屋の旦那様と奥様の前に置いた。

「これは――あの子のお守り袋だ。藤邑さん、ほたるは今、どちらに？」

「気にかけるほどのこともない。てめぇらの知っているほたるは、もうどこにもいねぇよ」

ふう、と冬吾が吐いた煙の先で、奥様が冷ややかに瞳を細めて、薄紅をひいた口元を指で隠す。まるで忍び笑いをしているような、酷薄なその白い頬を、冬吾は睥睨《へいげい》した。

「奥方殿。お前、笑っていやがるな」

「……見間違いでございましょう。つまらぬ下働きのことよりも、お金を借りたのはこちらとはいえ、人でなしなこの仕打ち。さっさとわたくしどもを、客間へ通してくださいまし」

「お前に人でなしと呼ばれる筋合いはねぇよ。その出目金は飴玉の毒で死んだ。お前、ほたるを同じ目に遭わせるつもりだったな？」

「毒……？　そんな馬鹿なお話、身に覚えがございませんわ」

「藤邑さん、いったい何のことです。毒など私どもには、見当もつかな」

「黙れ、青戸屋。俺は奥方に聞いてんだ」

冬吾は大股で庭へ下りると、その勢いのまま金魚鉢を蹴り飛ばした。出目金の赤い尾ひれが、雪の上に血のように舞い、毒の溶けた水が奥様の着物に降りかかる。

「いや…っ！」

その途端、細い悲鳴を上げた奥様を、冬吾はせせら笑った。

「何を怯える。人を一人殺そうとしておいて、滑稽《こっけい》なことだな」

「ふ、ふん。あれはもう、この世にはいないのでしょう？　わたくしにもし罪があったところで、証拠がなければどうにもなりませんわ」

「死人に口なしか。ほたるを騙して、借金のかたにするだけじゃ飽き足らなかったか」

「何とでもおっしゃってくださいまし」

「お前——、まさか、馬鹿な真似をしたのではないだろうね？　あの日、ほたるに飴玉を駄賃にやろうと言い出したのはお前だ。まさか、まさか、お前があれに毒を」

「そのまさかだよ」

冬吾の一言に、旦那様は顔を真っ青にした。奥様の恐ろしい企みをたった今知って、がたがたと羽織の体を震わせ始める。

「わ、わわわ、私は知らない……っ。藤邑さん、私は何もしておりません……っ！」

「てめぇの細君のしでかしたことだ。青戸屋、お前にも責がある」

「そんな……！　お前、何て取り返しのつかないことをしてくれたんだ！」

うろたえながら、見苦しい叱責《しっせき》をする旦那様の隣で、奥様は悔しげに唇を噛んでいた。冬吾は足元からお守り袋を拾い上げると、ぎゅう、とそれを掌の中に包んだ。

「今更善人ぶるんじゃねぇよ。下働きの小僧一人を、てめぇら全員が寄ってたかって虐《いじ》め抜いたことはとっくに分かってんだ」

鬼の眼差しが、庭先で縮み上がる青戸屋の面々をねめつける。ほたるは窓の格子を握り締めて、背中に冷たい汗を滴らせた。

「奥方殿。お前はほたるのことを、一度は養子として育てたと聞いているぞ。跡取り息子ができて、あいつは用済みになったか。あいつはここへ来てから、土が水を吸うように文字や計算を覚えた。磨けば光る聡明《そうめい》な性質《たち》だと、お前は分からなかったのか？　そんなに殺してぇほどほたるが目障りだったか」

「聡明な性質――だからこそですよ。わたくしの大事な息子より、あれの方が出来がよくては困るのです。読み書きなんて無駄な知恵をつけたら、ほたるがわたくしの息子を出し抜いてしまう。あれにもし商才があっても、下働きに落としておけば跡取りにはなれませんわ。私の新之助はほたるとは違うのです。あの捨て子が死んだって、誰も悲しんだりしませんよ！」

非情なその言葉が、ほたるの耳を劈《つんざ》き、心の奥底までを刃物のように貫いた。青戸屋の屋敷でどんなに冷たくされても、奥様を恨んだことなど一度もない。奥様の胸に抱かれる新之助を、羨ましいと思って見ていただけだ。

（そんなにも、おくさまは、おれのことがおきらいだったんだ）

ほたるの足元が、融けて崩れる雪のようにぐらついていく。ひどい胸の痛みに襲われて、清武に体を支えてもらわなければ、ほたるは立ってさえいられなかった。

「——そうかい。それなら、お前がかわいがっている新之助とやらを、俺が買ってやろう」

「何ですって……⁉」

「ほたるよりも値打ちがあるんだろう？　子供を嬲《なぶ》り殺して楽しむ、いかれた趣味人どもに売り飛ばしてやる。安心しな。お前らが足元にも及ばねぇような、雲の上の身分の連中だ。息子の命一つに、借金と同じだけの謝礼を払ってくれるだろうぜ」

「藤邑さん、お待ちください……っ！　新之助には手を出さないでいただきたい」

「やかましい！」

冬吾の激昂《げっこう》が、青戸屋の人々を、そしてほたるをも凍りつかせた。

「借金の三千円、耳を揃えて返せ青戸屋。お前と後ろの使用人どもは、一人いくらで量り売りをする。女は炭鉱の石炭運び、男は発破の人夫だ。俺を受取人にして、全員たっぷり保険をかけてやるよ。陽の射さねぇ坑道の奥で、落盤事故で埋まって死にやがれ」

「ひっ、ひィ…っ！」

「何故俺たちまで…っ」

使用人たちが、血の気を失った顔で互いを見合わせている。冬吾は手にしていた煙管を一度吹かすと、火のついた熱い雁首を奥様に近付けた。

「お前は場末の遊郭に沈むか、今ここで、うちの若い衆に輪姦《まわ》されるか、好きな方を選びな。どちらにしろ簡単には殺してやらねぇ。死んだ方がましってくらい、形も残らなくなるまで、お前の体を穴だらけにしてやる。覚悟しておけ」

とん、と冬吾が、人差し指を叩いた。煙管の灰が、呆然《ぼうぜん》とへたり込んだ奥様の着物の膝へと落ちていく。縮緬《ちりめん》のその生地を焼く前に、灰は雪の冷たさに負けて、じゅっ、と音を立てて消えた。

「おくさま——！」

「こらっ！　ほたる！　駄目だよ！」

ほたるは清武の制止を振り切って、廊下の先へと走り出した。庭の見える広縁から飛び降りて、仁王立ちをする冬吾と、奥様の間へと体を滑り込ませる。

「冬吾さま！　もうやめてください！　おくさまを、しからないで……っ！」

ほたるは奥様を庇うように、冷え切ったその細い肩にタオルをかけた。

「ほたる……？　お前、生きていたのかい——？」

「はい。おくさま、おれは、しんでなんかいません」

まるで幽霊でも見るような、奥様の瞳が痛々しい。ほたるは自分の袢纏を脱いで、奥様にかけたタオルの上にかぶせた。

「何を勝手な真似をしてやがるんだ。失《う》せろ、ほたる。お前の出る幕じゃねぇ」

「いいえ！　冬吾さま、おくさまと、あおとやのみんなを、どうかたすけてください。ひどいところへうったり、こ…、ころしたりしないでください」

「うるせぇ！　お前はこいつらに恨みがあるはずだ。黙って俺の裁きを見ていろ！」

「おれはだれも、うらんだりしません！　だんなさまも、おくさまも、ばんとうさんも、じょちゅうのみんなも…っ、だれがおれをきらっても、おれは、ちっともつらくありません」

ほたるは嘘をついた。本当はつらかった。青戸屋で下働きをした十年以上の間、毎日泣きたいのをこらえていた。

青戸屋の人間の中で、ほたるを殴らなかった者は一人もいない。虐め続けたほたるが自分たちの命乞《ご》いをしている姿を見て、旦那様も奥様も使用人たちも、やっと罪の意識に駆られたように首を垂れた。

「冬吾さま、おれは——おくさまがひろってくださらなかったら、とっくにしんでいました」

我が子同然に育てられた時間は、ほんの短い間だった。たとえそうだとしても、その幸せな時間を覚えていなくても、捨て子のほたるは、奥様を恨むことはできない。

「おくさまだけが、おれには、かあさま。おれにおちちをのませてくれた、かあさまです」

ほたるは両腕を精一杯に開いて、冬吾から奥様を守る盾になった。

「どけ。ほたる」

「冬吾さま。おくさまのかわりに、おれをどこかへ、うってください」

「どけと言ってるだろう！　お前を売ったってこいつらのやったことは消えねぇ。男が一度上げた拳はな、振り下ろさねぇと格好がつかねぇんだよ！」

「おくさまをなぐるなら、おれをなぐってください。冬吾さまにたべられろというなら、たべられます。どんなしたばたらきでもします。もう、じゅくへかようのはやめます。ごはんも……っ、おふろも、いりません。冬吾さまがくださったもの、ぜんぶ――ぜんぶ、おかえしします。だから」

　早く奥様を、青戸屋のみんなを、暖かい屋敷の中へ入れてほしい。庭先で凍え死んでしまう前に。

「おねがいします。冬吾さま、おねがいします。みんなをゆるしてください。あおとやをたすけてください」

「いったい、何なんだてめぇは、ほたる！」

　ぐいっ、と着物の胸倉を摑まれて、ほたるは冬吾の眼前へと引き寄せられた。怒りに染まっていたはずの冬吾の瞳に、言いようのない影が差している。悲しいような、どこか痛むような、不可思議な瞳。ほたるはそれに見覚えがあった。

（あのときの冬吾さまとおなじだ。しのせんせいのいおりのにわで、つばきのはなをたおっ

たときの、さびしそうなかおをした冬吾さまとおなじ）

何故冬吾が、そんな顔をするのか分からない。胸倉を摑む彼の手は、雪も避けていくほど熱く猛って、ほたるの呼吸を苛《さいな》んでいるというのに。

ほたるの潤んだ瞳を覗き込んで、冬吾は歯嚙みをするような低い声で言った。

「恨みや憎しみを、お前は少しも持たないと言うのか？　一度傷つけられたら、人はそれを死ぬまで忘れねぇもんだ。何故お前は、自分を痛めつけたそいつらを庇える」

青戸屋で虐げられていたほたるよりも、冬吾はずっと傷ついた顔をしていた。まるで彼自身が恨みと憎しみに雁字搦《がんじがら》めにされているような、そんなある訳もない想像を、ほたるは泣きながら打ち消した。

「わかりません。でもおれは、さむいとつらいことをしっています。なぐられたらいたいこともしっています。おなじことを、ひとにしたいとはおもいません」

「……何だそれは。お前は仏か。菩薩《ぼさつ》か。こいつらを憎んでいると言え！　仕返しをしたいと言え！　こいつらを殺してくれと、正直にねだれ。お前が一言、俺に泣きついてくれれば、俺はお前の思い通りにしてやれるんだぞ！」

嗚呼《ああ》、何ということだろう。ほたるは今初めて、冬吾の怒りの訳が分かった。冬吾はほたるのために、鬼になろうとしているのだ。

（いけない。冬吾さまに、おやさしいこのひとに、そんなことをさせてはいけない）

がくがくと揺さぶられながら、ほたるは涙と雪で濡れた顔を、左右に振った。仏でも菩薩でもない、ましてや鬼にもなれないほたるは、ただ目の前で震える人を見過ごせない、小さな存在に過ぎなかった。

「冬吾さま――。冬吾さまは、おれのあたらしいだんなさまは、ほんとうは、おやさしいひとです」

「ほたる……っ、ふざけんなよ、てめぇ！」

「おれ、いいこでいます。たくさん、冬吾さまのやくにたちます。だから、おれのために、冬吾さまがおににならないで」

涙で白く霞《かす》んだ瞳に、冬吾の驚愕《きょうがく》した顔が映る。ほたるの懇願が鬼の心を打ち砕いたその刹那《せつな》、雪も時も、この世の全てが止まってしまったかのようだった。

冬吾の唇が戦慄《わなな》いている。言葉を失った彼の唇が、微かにほたるの名の形に動き、そして悔しそうに歪んだ。

「何でそんなに、小せぇお前が、俺のすることを阻む。お前なんか張り倒してやりゃあ簡単なのに、どうして俺は、お前に手を出せねぇんだ」

「冬吾さま……？」

「俺の怒りは間違いじゃない。お前が許しても、俺はこいつらを許さねぇ。俺が振り上げた拳は、どこへ持って行きゃあいい？　お前が引き受けてくれんのか」

「はい。ぜんぶ、おれが、ひきうけます」

ほたるは着物の襟を握り締めていた冬吾の手に、そっと自分の手を重ねた。ほたるの頭を撫でてくれる、この温かな手の持ち主が、本当の鬼であるはずがない。

夜空から舞い降る雪が、二人の吐く息と混ざり合い、庭へと霙《みぞれ》になって落ちていく。かじかんだほたるの裸足《はだし》の指に気付いて、ちっ、と冬吾は舌打ちをした。

「――来い。こんなくだらねぇ奴らの盾になるお前を、いっときも見ていたくない」

白砂のような庭で、冬吾は着物の裾を翻した。蒼白《そうはく》のままの青戸屋の旦那様の顔も、魂が抜けたように動かない奥様の姿も、冬吾は何一つ見やることなく屋敷の中へと戻っていく。

「おい、そこの屑どもを残らず座敷牢《ろう》へ閉じ込めろ。見張りを置いて、俺が沙汰《さた》を下すまで、一歩も外へ出すな」

「承知しました」

縁側に控えていた銀次が、神妙な声で返事をした。自分たちの身を嘆いて泣き出し、座敷牢へと追い立てられていく女中たち。なけなしの抵抗を試みて、冬吾の手下たちに殴り飛ばされる下男。青戸屋の人々の悲痛な声を背に、ほたるもまだ泣き止めないまま、屋敷の廊下を歩かされた。

凍えた足が縺《もつ》れ、転びそうになると、冬吾がほたるを腕に抱き上げてくれる。洋館に着いた彼は、居間の戸を蹴破るようにして開けた。

「お前は火にあたってろ」

常夏のように暖められていた居間には、赤々と薪《まき》の燃える暖炉があった。冬のこの季節の夜、冬吾が晩酌《ばんしゃく》をして寛ぐための洋椅子に、ほたるは半ば無理矢理座らされた。

「冬吾さま、あおとやのみんなも、だんろにあたらせてください」

「俺の知ったことじゃねぇ。気の回る清武辺りが、適当に世話をするだろうよ」

「え……っ」

「今後一切、奴らの話はするな。俺はまだ、腸《はらわた》が煮えくり返ってんだ」

悪辣《あくらつ》に言い放ちながら、一旦部屋の外へ出た冬吾が、盥《たらい》とタオルを手に戻ってくる。冬吾は絨毯《じゅうたん》敷きの床に盥を置いて、湯を張ったそこに、ほたるの足先を浸けさせた。

「あつ…っい」

「我慢しろ。血の巡りをよくしてやらねぇと、しもやけを通り越して凍傷になっちまう」

熱くて跳ね上げそうになる爪先《つまさき》を、冬吾の指が丹念に揉《も》み込む。使用人のほたるが、主人の冬吾にそんなことをさせるなんて、許される訳がない。

「冬吾さま、おれのあし、きたないから、さわらないで」

「俺がしたくてやってんだ。——着ているものを脱ぎな。濡れたままの着物じゃ、体温を奪われるばかりだ」

「は、は…っ、くしゅっ」

言われたそばから、背筋がぞくぞくっと冷えてくしゃみをしてしまう。冬吾はほたるの足を盥に浸けたまま、融けた雪でぐっしょりと濡れた帯を解《ほど》いた。

乱暴に着物を脱がせる手が、風邪をひかせたくないと訴えているようで、ほたるには何よりも優しい手に見える。冬吾はほたるを裸にすると、背丈と同じくらいの大きなタオルで、全身を包んだ。

「くしゅっ、くしゅん」

「まだ寒いか？　今、こっちの棟の風呂を沸かしてる。すぐにあったためてやるからな」

「冬吾さま——」

「くそっ。雪の下に長く居過ぎた。俺も襦袢まで水が染《し》みてやがる」

自分の着物を脱ぎ捨てていく冬吾の髪の先から、いくつも雫が垂れている。ほたるは慌てて両手を伸ばし、タオルの中に冬吾を招き入れた。

（冬吾さまのからだも、とてもつめたい）

二人分の体を温めるには、一枚のタオルでは足りなかった。ほたるは襦袢の下から現れた冬吾の背中を、懸命に摩《さす》った。すると、冬吾もほたるの背中に同じようにしてくれる。

「ほたる、もっとこっちへ。俺の胸にくっついてろ」

「はい……っ」

「お前、どこもかしこも冷てぇな。頬もまだ氷みてぇだ」

頬と頬をくっつけながら、冬吾が囁く。二人で隙間なく寄り添っていると、少しずつ温もりが生まれてきて、ほたるは訳もなく泣きたくなった。

「寒くてつらいか。泣くなよ、ほたる。お前が泣くと、どうしてだか俺の調子が狂うんだ」

強く抱き寄せられた冬吾の胸から、とくん、とくん、と音が聞こえる。自分の胸の奥からも同じ音がして、ほたるはそれが、心臓の音だと知った。

さっき、冬吾を鬼にしたくなくて、雪の庭でさんざん泣いたのに。優しい冬吾がすぐそばにいると思うと嬉しくて、また涙でほたるの目の前が霞んでくる。

「冬吾さま、ちがいます。おれがないているのは……、つらいからじゃ、ありません」

「それじゃあ何の涙だ。唇を紫色にしやがって。早くいつもの、苺《いちご》みてぇな赤い唇に戻りやがれ……っ」

頬を撫でていた冬吾の吐息に、秒間もなく唇を塞がれる。突然ほたるは呼吸を奪われ、瞳を見開かせて、一瞬のうちに体温を沸騰させた。

(なに。これは)

暖炉の火より、盥の湯より、ほたるを体の芯から温めて煮蕩《にとろ》かす何か。果実のように柔らかなほたるの唇を食《は》んだのは、冬吾の唇だった。

「ふ…っ、うく……っ、んっ」

咄嗟に唇をもぎ離して、ぷはっ、と大きく息を吐き出し、ひといきに上がった体温を逃がす。今のはいったい何だろう。唇から直に命を吹き込まれたような、体じゅうが熱で満ちる感覚がする。

「はっ、はぁ……っ、けほっ……」

「相変わらず色気のない奴め。だが、ここはうまそうな色に戻った」

冬吾の指が、く、とほたるの唇を拭っていく。やけにそこが鋭敏になって、ほたるはくすぐったくて、顔をしかめた。

「冬吾さま、いまなさったのは、なんですか?」

「気つけ薬だよ」

「おくすり――?」

「接吻《せっぷん》という頓服《とんぷく》だ。誰にでも効くもんじゃねぇ。このことはお前の胸の中に、こっそりしまっておけ」

せっぷん、と呟いたほたるの唇に、冬吾はもう一度唇を重ねた。またほたるの体に熱がともって、頭の奥がぼうっと霞んでいく。

(おくすりは、にがいものだと、おもっていたのに)

何故だろう。冬吾のくれる、息苦しいこの薬は、ほたるをとても甘やかな気持ちにさせる。

ずっとこうしていたいような、未知な衝動に駆られて、ほたるは接吻をやめない冬吾の体をぎゅうっと抱き締め返した。

四

夜通し雪の降り続いたあの日から、十日ほどが過ぎた。気つけ薬が効いたのか、風邪一つひかなかったほたるは、今日も紫乃の塾で手習いに励んでいる。覚えた漢字は日に日に増えて、絵本はおろか、小学校の教科書くらいなら読みこなせるほど成長した。

冬吾の屋敷に閉じ込められていた青戸屋の人々は、行先の決まった者から順に、新しい奉公先へと出されていった。つらい炭鉱行きは免れたが、全員帝都を追い出され、方々へと移り住むらしい。旦那様は青戸屋の店舗と土地、財産の全てを手放し、借金の返済に充《あ》てたという。それでもまだ完済には足らず、奥様が遠い長崎の花街で、芸者として働いて返していくことになった。

(ながさき――ながさき、あった。島がたくさんある、海の国だ)

ほたるは紫乃に借りた地図を文机《ふづくえ》に広げ、行ったことのない長崎を探し出した。ほたるでも読むことができる振り仮名を、指でそっと撫でてから、長崎と帝都の距離を測ってみる。

(おくさまは、こんなに遠くへ、行ってしまったんだ)

奥様だけではない。旦那様は静岡の茶農家の人足《にんそく》に、跡取り息子の新之助は、子供のいない遠縁の夫婦に引き取られていった。

「これでも随分、温情のある采配《さいはい》だ。あの時の冬吾様のご様子じゃ、青戸屋の全員が殺されていても、不思議じゃなかった」

青戸屋の人々が座敷牢《ざしきろう》から解放された後、銀次と清武がそんな話をしていたのを、ほたるは聞いた。命を取られずに済んでも、一家離散の憂き目にあった奥様たちを思うと、ほたるの胸がしくしく痛む。

（あたらしい土地へ行っても、みんながつらい思いをしませんように）

ほたるは着物の奥からお守り袋を取り出して、毒の飴を綺麗に洗い流したそれを、祈るように握り締めた。

塾の時間が終わると、ほたるは急いで屋敷へ帰って、他の使用人たちの仕事を手伝う。あの雪の日に、青戸屋の人々を助ける代わりに、何でもすると冬吾に約束をした。約束なんかなくても、冬吾の役に立ちたいと思っている。それはこの屋敷にきてから、ほたるがずっと感じていることだ。

廊下の雑巾《ぞうきん》がけに、風呂洗い、庭掃除、女中たちが慌てるくらいまめまめしく働いていると、この日も趣味のいい羽織を着た冬吾が、山高帽をかぶって玄関先へ出てきた。

「冬吾さま、お出かけですか?」

「おう。お宝を鑑定してくる」

「おたから?」

「客の財産を差し押さえに行くのさ。相手は本郷の御殿に住む伯爵様だ。身代《しんだい》を潰《つぶ》すほど集めた美術品を、山のように持ってやがる」

絵画や陶器が、時に法外な値のつくものだということを、ほたるは冬吾に教えられて知った。借金の代わりに客たちから取り上げたものを、冬吾はよく美術商や宝石商に流している。

「しかし冬吾様、人手が足りますかね。今日は他の客の取り立てもあって、手下どもはだいぶ出払っておりますよ」

「そりゃあ銀次、お前が普段の倍働けばいいことだ」

「壺《つぼ》だけで百はあるような屋敷ですよ? 俺だけではとてもとても……」

冬吾の隣で、銀次がほとほと困ったような顔をした。今日の仕事は、どうやら人手が必要らしい。ほたるは玄関の三和土を掃いていた箒《ほうき》を置いて、はい、と名乗り出た。

「おれも、お手伝いします。いっしょにつれて行ってください」

「ほたる、壺は重てぇぞ。お前の力じゃ、いくらも運び出せねぇよ」

「おれも役に立ちたいです。冬吾さま」

今よりも、もっともっと、冬吾のために働きたい。ほたるは着物の袖を捲《まく》り上げて、鼻息を荒くした。

「しょうがねぇ。ほたるの手でもないよりはましか」

冬吾は精悍な顎をしゃくると、ほたるを玄関の外へと促した。喜ぶほたるをそこで待っていたのは、冬吾の自家用車だった。

七軒町をはじめ、浅草の近辺は乗合馬車や路面電車が整備されているが、個人で車を持っている者はまだ少ない。瞳を輝かせて車体を見つめるほたるを、冬吾は天鵞絨《ビロード》の座席に座らせて、屋敷を出発した。

座り心地のいいそこから、車窓の外を見ていると、いつも塾の行き帰りに通る派出所が近付いてくる。立番をしていた槇巡査がほたるに気付いて、凜々しい敬礼をしてくれた。

「ほたる。あんまり身を乗り出すと、落っこちるぞ」

「はい」

そう返事はしたものの、車は他のどんな乗り物よりも速くて、楽しくて仕方ない。目的地の本郷まで、あっという間に着いてしまった。

「冬吾さま、こんなに大きなおやしき、おれ、見たこともありません」

「馬鹿でかいだけの見せかけだ。由緒正しい伯爵家も、家の中は火の車。高利貸しの靴を舐めなきゃ、食事にもありつけねぇ有様だ」

「はくしゃくさま……」

この国には、主人と使用人の関係とは別に、出自に依《よ》った身分というものがある。ほたるのような平民の上に、高貴な位の華族たちがいて、その上にまた、天子様がいらっしゃる。目の前にそびえる白亜の洋館は、伯爵家の裕福な暮らしの象徴のようで、借金で困っているとは、ほたるにはとうてい思えなかった。

「邪魔するぞ、神林《かんばやし》伯爵。今からこの屋敷の全てを差し押さえる。こいつが役所の免状だ。ありがたく拝領しな」

「藤邑……っ。金貸しにくれてやるものなど、何もない。出て行け」

「勘違いするな。俺は貸したものを返してもらいにきただけだ」

冬吾を屋敷の中で待ち構えていたのは、立派な髭を蓄えた当主だった。そのそばには当主の妻らしき女と、ほたるよりもうんと幼い娘がいて、二人で抱き寄せ合って震えている。

借金取りがきたことで、娘は怯えているのだろう。愛くるしい瞳に涙が浮かんでいて、ほたるは思わず尻込みした。

「ほたる。そこの棚に飾ってある切子の酒器や置物を、片っ端から箱に詰めろ」

「は、はいっ」

「やめろ！　貴様らのような者が、触れてもいい代物ではない！」

「おい。この屋敷はもう、皿一枚お前の自由にはならねぇぞ」

「何だと、貴様……っ」

「お前は破産したんだ、伯爵殿。銀行から金を借りられなくなった時に気付くべきだったな。体裁を気にして、市井の高利貸しに助けを求めたのは大間違いだ」

忌々しそうに歯嚙みをする当主をよそに、壁に飾られた絵画や調度品の数々が、屋敷の外へと運び出されていく。あらかじめ段取りが決まっていたのか、美術商や宝石商も屋敷を訪れて、冬吾とすぐさま商談が交わされた。

「お母様、怖い……っ。この人たちは泥棒よ……！」

娘の声が聞こえてきて、ほたるは酒器を運んでいた手を止めた。あどけない頰を涙で濡らしながら、娘に指を差されてそう言われると、自分がとても悪人になったような気分がする。

（どろぼうか――）

それは違うと、娘に言い返そうとして、ほたるは口を噤んだ。冷ややかな目つきをした冬吾が、娘と母親の前にゆらりと立ち塞がる。

「嬢。恨み言ならそいつにでなく、この俺に言いな」

「いやっ、お母様！　怖い鬼がいる！」

「お、おやめになって。あっちへ行ってください……！」

娘を庇って、母親が青い顔をしながらそう言った。すると、差し押さえられていく品々を、血走った瞳で見ていた当主が、自暴自棄になって叫んだ。

「藤邑、その二人をやろう！　私の妻と娘を売るから、家宝の香炉だけは返してくれ」

「あなた――。何てことをおっしゃるの！」

「ええい、黙れ！　たかが男爵の家柄から、この神林家に嫁がせてもらっただけでも、ありがたいと思え！」

　わあっ、と妻は泣き崩れて、娘とともに床に蹲った。自分の家族よりも家宝の方が大事だなんて。ほたるは驚きを隠せないまま、常軌を逸した当主を見上げた。

「残念だったな。香炉には既に買い手がついている。お前の忌み嫌う平民の蒐集《しゅうしゅう》家《か》が、四百円の値で買うとよ」

「何と……っ、我が家宝が、そんな下々の者の手に…っ。神林の名折れだ、ああ……！」

「馬鹿らしい。値打ちのねぇ名なんぞ、さっさと捨てちまいな」

「卑しい金貸しに身を落とした貴様には分かるまい。私は伯爵ぞ！　公家の総領ぞ！　世が世なら貴様など、私と口を利くことも許されんのだ！」

「それがどうした。伯爵だろうが公家だろうが、金に身分は関係ねぇ。今のお前は、平民の払う四百円で糊口《ここう》を凌《しの》ぐ、ただの木偶《でく》の坊だろう」

「く……っ」

「お前が無節操に集めた美術品はこっちのものだ。家屋敷を売っても借金は残るが、伯爵殿は運がいい。――お前の妻子は、なかなかの器量だ」

　冬吾が羽織の腕を伸ばして、恐れおののく妻の顎を掴む。くい、と上向けた顔を覗き込み、娘の顔と交互に見比べた彼の瞳は、冷徹に値踏みをしていた。

（あの人も、あの子も、どこか遠いところへ、売られていくのかな）

借りた金を返せない者は、誰でも容赦なく売り飛ばされる。ほたるも騙されて冬吾のもとへ売られてきたのだ。

（でも、あの子は、おれよりも小さい。売られたさきで、きっとつらい思いをする）

ほたるは背筋が寒くなって、独りでに震え出した。幼い娘と、つらい下働きをしていた頃の自分が重なって見える。

「と、冬吾さま――」

ほたるの口が、気が付いたら冬吾の名を呼んでいた。黙ったままではいられなかった。母親にしがみ付いて泣く娘がかわいそうで。

「ほたる。お前は外で、荷の積み込みを手伝ってろ」

「銀次さん、でも……っ」

「冬吾様のお邪魔になる。早くこい」

荷運びの采配をしていた銀次が、ほたるを屋敷の外へ連れ出そうとする。背中を向けたまま、自分の方をけして見ようとしない冬吾に、ほたるは焦燥した。

「冬吾さま！」

ほたるは銀次の腕を振り解くと、勇気を出して、冬吾の背中に抱きついた。

「そんなに小さな子を、売ったら、だめ、です」

「何をしてやがる。離せ、ほたる」

「う、売っても、しっ……下ばたらきも、きっとできません。かわいそうなことを、しないでください」

「お前……っ、また俺に盾つく気か」

ぎろっ、と睨んだ冬吾の瞳を、ほたるは一心に見上げた。冬吾は鬼ではない。その思いだけを頼りに、いっそう強く彼の体を抱き締める。

「この子は、おれと同じです」

「何――」

「冬吾さまが、おれのそばにいてくださるように、この子も、かあさまのそばにいるのがいいです。たいせつな人といっしょなら、泣かないでいられます」

娘が母親を慕うように、ほたるも冬吾を慕っている。鬼の顔の下の優しい冬吾に、今すぐ戻ってほしい。

「……この野郎……っ」

がつっ、と大きな手に頭を摑まれて、ほたるはそのまま、髪をぐしゃぐしゃに掻《か》き混ぜられた。

自分の腕の中にある冬吾の体が熱い。火がついたように赤くなった彼の顔が、ほたるの前髪の隙間から見える。

（冬吾さま。耳まで真っかっか）

初めて目にした赤面に戸惑っていると、冬吾はほたるの顔を羽織の胸に埋めさせて、銀次を呼んだ。

「おい。銀座のカフェーに、住み込みの働き口があったろう。こいつらはそこへ預ける」

「えっ、こんな上玉を……？　俺は吉原に売るとばかり——」

「うるせえ、詮索するな！　とっととこいつらを手配師のところへ連れて行け！」

「はいっ。承知しましたっ！」

銀次は母親と娘を立たせると、まだ二人の涙も乾かないうちに、表の車へと連れて行った。

屋敷の中には、買い手のつかない日用品と、家宝も何もかも失って、ぐったりと床に座り込む当主が残っている。そして、相当の儲けになったとほくほく顔の美術商たちが、事の顛末《てんまつ》を眺めて囁き合っていた。

「藤邑の旦那が客に情けをかけるなんて、信じられない」

「——もったいないことを。あの奥方と娘はいい金になっただろうに、カフェーの女給じゃたいした儲けにはならんよ」

「随分と甘い采配だ。今日はよっぽど、旦那の虫の居所がいいのさ」

美術商たちの声が気に障ったのか、冬吾は不機嫌そうにほたるの体を引き剝がした。山高帽を苛ついた指で外して、ほたるの頭に、ぼすん、と被《かぶ》せる。

「くそっ。鬼の高利貸しともあろう者が、まったく俺らしくない。お前を連れてくるんじゃなかった」

「冬吾さま……」

「二度と俺の仕事の邪魔をするな。ああ、けったくそ悪ぃ！」

冬吾は自分の頭をがりがり掻きながら、延々と悪態をついている。彼が怒っている理由が自分だと分かっても、顔の赤みが引かない理由は、ほたるには少しも分からなかった。

「それはねえ、ほたるの前では鬼になり切れなくて、冬吾は自分に腹を立てたのさ」

次の日。冬吾が真っ赤になって怒ったことを話すと、紫乃は笑いを噛み殺しながらそう言った。

一月から二月へ暦が変わった今日は、塾はお休みで、ほたるの他に生徒たちの姿はない。冬吾の友人でもある紫乃なら、彼のことが何でも分かると思って、話を聞いてもらいにきたのだ。

「以前の冬吾なら、たとえ伯爵の妻子でも、躊躇いなく花街へ売り飛ばしていたはずだよ」

「でも、おれがおねがいをしたら、冬吾さまはやめてくださいました」

「そう。そこが肝心だね。……冬吾の心に、ほたるの願いがちゃんと届いた証拠だ。これを機に、冬吾も鬼を返上してくれればいいのだけど」

たおやかに微笑む紫乃を見上げて、ほたるは縁側に投げ出していた足をぶらりとさせた。

昼下がりの静かな陽を浴びながら、昨日の冬吾のことを考える。

（冬吾さまの、あのおかお。りんごみたいだった）

ほたるの瞳に焼きついてしまった、冬吾の赤い頬が忘れられない。彼が顔をくしゃくしゃにしていた様は、照れていたようにも思える。

（怒っていたのに、てれるのは、へんだなあ）

ほう、とほたるが自分の頬を撫でて溜息をついていると、玄関の方から庭へと渡ってくる足音がした。かちゃかちゃと金属の擦れる音が混じっていて、巡査が腰につけているサーベルだとすぐ分かる。

「お邪魔するよ。ほたる、ここだったか」

「槇さん。こんにちは」

「また仕事を怠《なま》けにきましたか？　いい加減にしないと、署長さんに叱られますよ」

「ひどいや、紫乃さん。巡回に立ち寄った先で、干し柿をもらったんだ。ほたるに食べさせてやろうと思ってね」

「わあい、ありがとう、槇さん！」

槇は土産の干し柿をほたるに渡すと、大きな手で頭をたっぷり撫でてから、紫乃の方へ向き直った。

「紫乃さん。今日こそこれを、あなたに受け取ってもらいますよ」

何やら畏《かしこ》まった面持ちでそう言って、槇は制服の胸元から、折りたたんだ便箋《びんせん》を取り出した。干し柿を頬張ろうとしていたほたるの鼻に、その便箋からいい香りが漂ってくる。

「私の好きな、茉莉花《まつりか》の香を焚き染めるとは。あなたも考えますね」

「紫乃さんに俺の気持ちを受け取ってもらいたい一心です。一言一句、心を込めました。どうぞ読んでください」

「前回のように、添削の必要な代物は読みませんよ――」

紫乃は小さく苦笑すると、槇の差し出した便箋を受け取った。緊張していた様子の槇の顔が、ぱあっ、と輝いたような笑顔になる。

「添削なんかさせるものですか。……よかった。紫乃さんがやっと、俺の気持ちを汲んでくださって」

「それは気が早いというものです。ああ、もう最初の頭語から駄目だ。『拝啓』の拝の字の横線が一本足りません。書き直しをしていらっしゃい」

「手厳しい……っ、だが、そこがいい」

うっとりと夢見るような瞳をして、槇は紫乃の麗しい顔に見惚れている。槇が紫乃贔屓だということは知っていたが、今日はいつも以上にあからさまだ。

「紫乃せんせい、槇さんにおてがみをもらったの？」

「そうだよ。この人は案外、筆まめな人でね。手紙や詩や、和歌なんかを認《したた》めて、私に見せにくるんだ」

「今日はただの手紙じゃないぞ、ほたる。これは恋文だ」

「こいぶみ――？」

「『紫乃さんは綺麗だ』。『いつもあなたのことを気にかけている』。『あなたのことを考えると夜も眠れない』と、想いの丈を綴っているんだよ」

「槇さん。子供を相手に詳細な説明は結構」

にこやかに、それでいて淡々と槇を制しながら、紫乃は恋文を着物の袂に隠した。

「そもそも恋文というものは、秘してこそ花です。口では伝え切れない気持ちを、筆に託して想い人に届ける。返事を待つ時間もまた、味わい深いものです」

「ええ、紫乃さん。色よい返事をいただけるなら、この槇修介《しゅうすけ》、いつまでも待ちますよ」

「その前に、粗忽《そこつ》なあなたは添削のいらない恋文をお考えなさい」

やられた、という風に、槇が制帽の自分の頭をこつんと叩く。

大切な人や、もっと仲良くなりたいと願う人に、大人たちは恋文という手紙を送り合うらしい。ほたるは自分の胸の中の、一番温かいところにいる人のことを思い浮かべた。

（冬吾さま）

ほたるも冬吾に、恋文を書いてもかまわないだろうか。冬吾のそばにいられる今が、どんなに満たされているか、自分の言葉と文字で伝えたい。

「紫乃せんせい、槙さん、おれも、こいぶみをかきたいです」

「おや。手習い仲間のあやめちゃんにか？　それとも、近所の八百屋の千鶴《ちづる》ちゃんかな」

「ううん。冬吾さまに」

「冬吾へ……。ふふ。それはいい考えだね」

紫乃は一つ頷くと、ほたるを教室の文机の前に座らせた。槙も靴を脱いで、庭先から二人の後を追ってくる。

冬吾に読んでもらう恋文だと思うと、ほたるの墨を磨《す》る指に力が入った。紫乃が特別に、梅の花弁を漉《す》き込んだ風雅な便箋を譲ってくれる。

「きれいな花びら」

季節に合う便箋を使うことも、恋文の嗜みだと、ほたるは学んだ。普段手習いで使う筆よりも、穂先の細い筆を選んで、墨をつける。紫乃に簡単な手紙の書き方を教えてもらい、ほたるは自分で文面を考えた。

——冬吾さま。はじめておたよりいたします。

最初の一文は、ほたるにしては背伸びをしたそんな調子で始まった。紫乃と槇は遠慮をして、台所の方へと茶を淹れに引っ込んだ。

——おれが冬吾さまにおせわになって、一月ほどたちました。もう指を折らなくても、数を数えることができます。こうしてこいぶみもかけます。じぶんの字を、冬吾さまに読んでもらえて、うれしいです。冬吾さまに頭をなでられると、うれしいきもちが、倍になります。冬吾さまの手みたいに、おれの手も大きくなれるといいな。

最後に、不自由のない暮らしを与えてくれた感謝を冬吾へ綴って、ほたるは初めての恋文を書き終えた。字の間違いがないか読み直していると、何だか、ぽっぽっ、と胸の奥から熱くなってくる。

（あのおくすりみたいだ。せっぷんも、こいぶみも、冬吾さまとだけの、ひみつ）

ほたるの唇にも、俄《にわ》かに熱が伝播《でんぱ》してきて、元から赤いそこがいっそう色づく。冬吾が苺のようだと言ってくれた唇。甘くて酸っぱい果物を食むように、冬吾の唇が自分の唇に触れたことを思い出すと、ほたるの胸がとくんとくんと騒ぎ始めた。

（何だろう。むねの音がうるさい）

うるさくて、少し痛い。ほたるは恋文を綴った便箋を着物の懐に入れて、不可思議に跳ねる左胸を宥《なだ》めるように、そこを掌で撫でた。

「上手に書けたかい？　ほたる」

淹れたての茶を盆に載せて、紫乃と槇が教室に戻ってくる。ほたるは姿勢を正して、熱い湯呑《ゆの》みを受け取った。

「はい。おやしきに帰って、冬吾さまに早くお見せしたいです」

「冬吾の奴、ほたるには目をかけているから、きっと喜ぶぞ。何たって、お前をひどい目に遭わせた青戸屋に制裁を下したほどだ。……お前の飴玉の話は、署に届け出があったから俺も知ったよ。無事でよかったな」

「――はい」

「それにしても、冬吾は青戸屋の従業員や使用人に、堅気の働き口を世話したと聞いたぞ。非道なあいつにしては気の利いた采配だ。空から槍《やり》でも降るかもしれない」

「槇さん。冬吾はほたるの前では、鬼になれなくなったようですよ」

「ふむ。鬼の目にも涙ならぬ、鬼の目にもほたる、だな」

槇は文机の上にあった便箋の余りに、屈託のない彼らしいおおらかな字で、『鬼の目にもほたる』と書いた。

「お前の恋文と一緒に、こいつも冬吾に渡してやれ。なに、ほんの嫌がらせだ」

「いやがらせ？」

「では私も」

別の便箋に、紫乃も筆を走らせる。流れるようなその所作に、ほたるの隣で槇が見惚れていた。

「――ほたる、この手紙を託《あず》けよう。冬吾が読むまで、お前も見ては駄目だよ」

「はい。……紫乃せんせいも、冬吾さまにこいぶみをかいたの？」

紫乃から手紙を預かると、ちくん、とほたるの胸が引き攣《つ》れた。手紙の内容が気になって仕方ない。折りたたんだ便箋を開けば、紫乃が何を書いたかすぐに分かる。

（そうだ。おれはもう、人がかいたものを読むことができるんだ）

読み書きのままならなかった一月ほど前、自分を売り飛ばす書状とは知らずに、青戸屋から冬吾のもとへそれを運んだ。あの時は何も感じなかったのに、今は、便箋から透けて見える文字がもどかしい。

（だめだ。読んではいけない）

読めないから読まないのと、読めるのに読まないのは、似ているようで全く違う。ほたるは胸をじりじりと焦げつかせて、紫乃の手紙から目を背けた。

「ほたる」

「……はい……っ」

紫乃はほたるの胸に手をやって、着物の上から、そっとそこを押さえた。

爪《つめ》の先まで真っ白な彼の指が、まるでほたるの胸の騒ぎを知っているかのように、優しく撫でる。

「友人に送る手紙は、恋文とは言わない。焼きもちを焼かなくてもいいんだよ」

「やきもち――」

「胸が痛いと顔に書いてある。ほたるは冬吾のことを、本当に慕っているんだね」

紫乃の指が離れた後も、焼きもちを覚えたほたるの胸は、とくとく鳴り響いて落ち着かなかった。初めての痛み。初めての鼓動。それらにせっつかれるようにして、ほたるは、はい、と頷いた。


「『――冬吾さまの手みたいに、おれの手も大きくなれるといいな。冬吾さま、冬吾さまのおそばにいられて、おれはしあわせものです。おきゅう金がたまったら、びんせんを買って、また冬吾さまにこいぶみをおくります。さいごまで読んでくださってありがとうございました。冬吾さまへ。ほたるより』。……お前、何回『冬吾さま』と書けば気が済むんだ。俺の名は安売りじゃねぇんだぞ」

寝酒の洋酒をぐいっ、と呷って、冬吾はベッドの頭に夜着の体を預けた。ほたるが見せた恋文に、彼はにこにこ顔で文句を言っている。冬吾が嬉しそうに恋文を読んでくれたから、ほたるもとても嬉しくなった。

（冬吾さまのわらったお顔を見ていると、おれはとけてしまいそうになる）

出会ったばかりの頃よりも、冬吾の笑顔を見ることが多くなっているのは、ほたるの気のせいだろうか。冬吾の瞳は便箋の最初に戻って、目尻を狸《たぬき》のように下げながら、またそこから恋文を読み始めた。

高利貸しどうしの会食に出ていた冬吾が、屋敷に戻ってきたのは夜半過ぎだ。風呂を済ませたら酔いが醒《さ》めてしまったらしく、彼は恋文を肴《さかな》に硝子《ガラス》の杯を重ねている。

「冬吾さま。槇さんが、冬吾さまにこれを見せてやれって」

「何だそりゃ。──鬼の目にもほたるだと？　あのぼんくら巡査、ふざけたことをぬかしやがって」

槇の走り書きの便箋を見せると、冬吾は片目だけをぎょろっと大きくして、皮肉を言った。

「相変わらず、筆遣いの荒い奴だ。少しは紫乃の達筆を見習えってんだ、なあ？」

「槇さんの字は、まるくておおらかで、槇さんらしい字です」

「おおらかとへたくそは、紙一重だぞ」

あんまりな言いように、ほたるは槇が気の毒になって、くすくす笑った。寝具の中に伸ばした冬吾の足が、笑うな、と抗議をするように、膝の間へほたるの足を誘い込む。

「あ……っ」

「だいぶ肉がついたな。骨だけの鶏みてぇな足だったのに。柔らかくなって、いい触り心地だ」

すすす、とふくらはぎを爪先で辿られると、くすぐったくて悶《もだ》えてしまう。逃げようとすると、冬吾はますます膝を強く挟んで、ほたるを後ろから抱き締めてきた。

「俺から逃げられると思ったか、ほたる。おとなしく枕になってろ」

「冬吾さま」

「このままお前を抱いて眠る。恋文なんざ、かわいいものを読ませやがって。お前を使用人部屋には帰らせねぇぞ」

ぎゅっ、と包み込まれた腕の中で、ほたるは気恥ずかしさと嬉しさが混ぜこぜになった、淡い幸福を味わった。

青戸屋の一件があった雪の夜から、ほたるは毎晩、冬吾のもとへ呼ばれるようになった。一緒に夜食を摂ったり、暖炉にあたりながら囲碁や将棋の手ほどきを受けたり、眠くなるまで二人で他愛もないことをして過ごす。冬吾の気まぐれで始まったこのひとときが、ほたるは待ち切れないくらいに、一日の中で一番好きな時間になった。

花街通いをしなくなった冬吾を、珍しいこともあるものだ、と、銀次や手下たちが話の種にしているのをほたるは知っていた。夜毎《よごと》、朝まで芸妓と戯れていたはずの冬吾の腕に、自分がこうして抱かれていることが、まだ信じられない。

（おれみたいな使用人を、まくらにしてねむるだんなさまは、きっと冬吾さまくらいだ）

体が埋もれるくらい柔らかなベッドも、羽根で膨らませた絹の寝具も、ほたるにはもったいない。申し訳なくて縮こめた項《うなじ》に、冬吾が顔を埋めてくる。

「――どうした、静かになったな。鬼の寝床が怖いのか？」

「ううん……っ」

「お前を食ったりしねぇよ。こうして暖を取ってるだけだ」

かぷ、と齧りつかれたほたるの耳の後ろに、小さな赤い痕ができる。冬吾にそれをいくつも増やされて、ほたるはすっかりのぼせてしまった。

「ん……、ふ…っ、なんだか、湯あたりしたみたいに、ふわふわします……」

知らぬ間に渇いていたほたるの喉から、掠れた声が出る。ふふ、と冬吾が笑んだのが、襟足に触れた彼の唇の形で分かった。

「いいものをやろう」

冬吾は寝酒用の小さな台に置いていた酒器から、融けかけた氷を一つ取って、ほたるの口に含ませた。

氷屋が氷室で作って売るそれを、洋酒に入れて飲むのが冬吾の好みだ。

「つめたくて、おいしいです」

「そうか。……どれ。胸や腹にも肉がついたか、確かめてやる」

夢中で喉を潤していると、ほたるの火照った夜着の胸元に、冬吾の手が忍んできた。ついさっき氷に触れた指先が、ほどよく冷たく肌をなぞって、ほたるの飽和した熱を吸い取ってくれる。

「——ん？　お前、懐にまだ何か隠しているな」

冬吾がまさぐった夜着の下から、かさりと紙の擦れる音がした。紫乃から預かった手紙だ。

「それは、紫乃せんせいから、冬吾さまへ」

「紫乃から？　……ったく、あいつら。俺をおもちゃにして遊んでんじゃねぇよ」

冬吾はほたるの懐に手を残したまま、もう片方の手で便箋を開いた。後ろから抱かれているせいで、ほたるにもその文面が見えてしまう。

——鬼の心は、いとしいとしという心。

紫乃の手紙は、短いその一文だけだった。

（いとし、いとしというこころ？）

小首を傾げて考えてみても、ほたるには、その言葉が何を意味するものなのか分からない。まるで謎かけのようだ。

すると、ほたるの目の前で、冬吾の手が便箋をぐしゃっ、と潰した。

「あの野郎。余計なことを」

低い囁きとともに、ほたるの肌の上から冬吾の温もりが消える。冬吾はほたるの夜着からもう片方の手を引き抜くと、寝返りを打って背中を向けた。

「冬吾さま……？」

「寝る。お前も、もう寝ろ」

冬吾は酒器のそばに置いていたランプを消して、それきり動かなくなった。真っ暗になった寝室に、彼の少し乱れた息遣いと、微かなベッドの軋みが響いている。

「冬吾さま、紫乃せんせいのおてがみのこと、おれにおしえてくださいませんか？」

さっきまで朗らかに話をしていたのに、機嫌を悪くしたのか、冬吾の返事はなかった。

そのことを切なく思いながら、ほたるは冬吾の肩が隠れるまで寝具を引き上げて、自分も彼の隣に寄り添った。

「——おやすみなさい」

冬吾の背中に、小さな額をくっつけて、そっと瞼を閉じる。夜着の向こうから伝わってきたのは、かっかと燃えるような体温と、冬吾の鼓動。絶え間ないその脈動は、数を追えないほど速い。

（なぜ？　冬吾さまのむねが、ざわざわ、さわいでいる）

じっと彼の鼓動を聞いていると、ほたるの鼓動も同じように速くなった。二人の胸の音がうるさくて寝付けない。この屋敷にきて、ほたるが眠れない夜を過ごしたのは初めてだった。

次の日の明け方、やっとうとうとし始めたほたるの枕元に、一通の手紙が置かれた。

——ほたるへ。昨夜は照れくさいものを読ませてくれたな。お返しに、次の休みにカツドウでも見に連れて行ってやる。

それは繊細な紫乃の文字とも、おおらかな槙の文字とも違う、勇壮で堂々とした文字を書く、冬吾からの恋文の返事だった。

五

白い幕に投影された映像の中で、異人の喜劇役者が縦横無尽に駆け回る。滑稽なその仕草や表情に、活動写真館の中の観客たちは、腹を抱えて笑っている。

ほたるはただただ、人が動く映像に驚き、弁士の軽妙な語り口に乗せられて、活動写真に時間を忘れて夢中になった。

「おもしろかった——！」

上映後、溌剌《はつらつ》としたほたるの声が、写真館の建物の上に広がる青空へと溶けていく。連れ立って歩いていた冬吾も、ほたると同様に満足げだ。

「冬吾さま、ひげのいじんさんが、からくり人形みたいにうごいていました。こうやって、こうやって」

見たばかりの役者の演技を真似して、ほたるは腕や足を奔放に動かした。おどけた拍子に、着物の裾が膝までめくれ上がっても気にしない。

「あれはチャップリンっていう、欧州随一の役者だ。気に入ったんなら、また見に連れてきてやる」

「ほんとうっ？　ちゃぷり、また見たいです、冬吾さま」

「チャップリン、だ」

はしゃぐほたるの頭をくしゃくしゃと撫でてから、冬吾は車道で客待ちをしていた力車へ手を挙げた。

活動写真を見た後は、冬吾の行きつけの店で食事をする予定になっている。最近流行《はや》りの洋食をごちそうしてくれるそうで、ほたるはとても楽しみにしていた。

「ご用命でございますか、お客様」

「ああ。蔵前《くらまえ》の河岸から神田《かんだ》の方へ下ってくれ」

「へい。どうぞお小さいお客様から、お乗りくださいまし」

車夫に背中を押されながら、少々窮屈な座席に冬吾と並んで乗り込んで、ほたるは浅草の目抜き通りを眺めた。静かな家屋敷の多い七軒町とは異なり、仲見世《なかみせ》の賑わいはまるで芋を洗うような有様だ。

「わあ、うしろから大きいのが来たよう、冬吾さま」

「東都《とうと》鉄道の路面電車だ。本線のある北千住《きたせんじゅ》から、浅草を通って銀座《ぎんざ》までを往復してる」

「のってみたいなあ」

「そうか？　——俺は鉄道は嫌いだ。のんびり力車で移動する方が好みだ」

確かに、あっという間に追い抜いていく電車よりも、力車の方が街の風情に合っているかもしれない。

力車の上から見る浅草の街の、なんと華やかなこと。浅草寺《せんそうじ》へと続く参拝者の大行列。そして、天高く伸びる十二階建ての塔は、帝都じゅうを見渡せると評判の凌雲閣《りょううんかく》。普段、冬吾の屋敷の近辺しか出歩かないほたるは、目に入るもの全てが珍しかった。

「この辺りにはよく、銀次や清武たちも羽を伸ばしにくる。休みの日はそれぞれ好きに過ごすのが、俺の屋敷での約束事だ」

「冬吾さま、おれにも、おやすみをいただけるなんて、思ってもいませんでした」

「お前は勉学も仕事もよくこなしてる。今日はそのねぎらいだ」

そう言うと、冬吾は羽織の袂からキャラメルの箱を取り出して、それをほたるに手渡した。ほたるが活動写真館の売店で見付けて、自分の給金で買おうとしていたのを、冬吾が支払ってくれたのだ。

「手習いのおさらいといこうか。十粒入りの箱に、キャラメルが四粒しか入ってねぇ。さて、俺たちはカツドウを見ながら、そいつをいくつ食った？」

「えっと、六つぶ！」

「——残念。五粒だ」

「ええっ？　けいさんをまちがっていますよ？」

するると、冬吾はにやにや笑ってほたるの手を取り、羽織の袂の中を探らせた。

「あ……っ、一つぶここに、のこってる！」

「まんまと引っかかったな、ほたる。金貸しの言うことを信用するからだ、馬鹿」

「ひどいなあ、冬吾さま」

ほたるは頬を膨らませながら、冬吾の袂に残っていたキャラメルを取った。

甘くて柔らかいそれは、口に入れるとすぐに溶け始めてしまう。冬吾に買ってもらったおやつを、ほたるは頬の奥の方に寄せて、大事に味わった。

浅草から蔵前に入ると、墨田川《すみだがわ》を行き来する船が見えてくる。下町の庶民の足、川蒸気と呼ばれている煙突のある船だ。ぽんぽん、と煙突から出る煙が、蔵前橋の立派な橋桁《はしげた》を舐めている。

「この川べりは、春は見事な桜が咲く。船から見る桜並木はいいもんだぞ」

「桜のきせつは、みんなでお花見をするんだって、紫乃せんせいが言っていました」

「ああ。毎年紫乃と槇を呼んで、屋敷の連中総出で酒盛りをやる。今年からはお前も加わるんだ。いっそう賑やかになるな」

「おれもいっしょにいいんですか？　やったあ！」

ほたるは桜の季節を待ち遠しく思って、並木道の葉のない木々を見上げた。冬枯れの午後の川風は少し冷たく、ほたるの肌を掠めている。すると、冬吾は自分の襟巻をそっと外して、ほたるの首にそれを巻いた。

「似合うじゃねぇか」

「冬吾さま」

「お前の首は生っ白くて、寒そうだ。そいつを巻いてろ」

「はい。……えりまき、冬吾さまのにおいがします」

「何だ。酒と煙管と、金の匂いか」

「ううん。あったかくて、お日さまにほしたふとんみたいな、いいにおい」

ほたるは襟巻に顔の半分を隠して、くふん、と鼻を鳴らした。川風に冬吾の笑い声と、力車の車輪が回る音が重なる。蔵前橋を過ぎて少し経った頃、車夫が座席の方を振り返った。

「お客様、神田は明神様の方向へ曲がりやすか？　それとも、このまままっすぐでよろしいので？」

「おう、まっすぐ行って、次の柳橋で曲がって東神田へ抜けてくれ」

「へい」

「やなぎ橋——？」

ほたるは小さく呟いて、車道の先を見つめた。聞き覚えのある橋の名前だった。ずっと前に、青戸屋の女中たちが噂をしていた。ほたるが捨てられていたのは、隅田川に流れ込む神田川の下流、そこに架かる柳橋の下だと。

「冬吾さま、あの……っ、やなぎ橋でりきしゃをとめてください」

「ん？　俺の行きつけの洋食屋はまだ先だぞ」

「おれは――その橋の下に捨てられていたんです。じぶんがはじめに、どこにいたのか、見てみたいんです」

ほたるの訴えに、冬吾ははっとしたような顔をして、すぐに車夫へと命じた。

「すまねぇ、柳橋で降りる。ちょっと急いでくれるか」

「へいっ。しっかりお摑まりください」

車夫が走る速度を上げると、ほたるの尻の下で、座席ががたがたと鳴った。川の合流地に沿って、通りを右に折れると、すぐに柳橋が見えてくる。小さなその橋の袂で、ほたると冬吾は力車を降りた。

「……ここに……おれはいたんだ……」

ひゅう、と枯れた葦《あし》を揺らした風が、ほたるの髪を梳《す》いていく。ほたるは首から下げたお守り袋を握り締めて、柳橋の橋桁を支える橋脚へと足を進めた。

色褪《いろあ》せた草しか生えていない、とても殺風景な場所。こんな寂しい場所に捨てられた赤ん坊が、よくぞ生きていられたと思う。ぱしゃん、と川面《かわも》で魚が跳ねる音でさえ、どこか物悲しい。

「ここか。お前の捨てられていた場所は」

「――はい。青戸屋の人たちが、そう言っていたのを、聞きました」

「何もねぇところだ。今は蛍さえ飛んでねぇ。……赤ん坊のお前は、きっとひもじくて泣いてたんだろうな」

「はい」

「運が悪けりゃ、川の水に攫《さら》われてたろう。たとえ理由があったとしても、お前をこんな場所に捨てた親を、俺は恨むぞ」

本当の両親が、何故自分を捨てたのかは知らない。今更知っても、どうしようもない。分かっているのは、産み落とされた瞬間から、ほたるはいらない子供だったということだけだ。青戸屋に拾われた後も、暗く閉じたほたるの世界に、光が射すことはなかった。冬吾のもとに売られてくるまでは。

(冬吾さまが、おれに、あかるいお日さまをくださった)

冬吾に出会ってから、ひもじい思いも、痛い思いも、寒い思いもしたことがない。寂しいこの場所に捨てられていたほたるには、身に余るほどの幸せをもらった。

襟巻一つ分の、キャラメル一箱分の、冬吾の優しさ。彼がくれる優しさは、融けない雪のように胸に降り積もって、ほたるを内側から満たしている。

「冬吾さま。冬吾さまにここで拾われていたら、おれはもっと、もっと、しあわせだったのかな」

「さあな。仮定の話に興味はねぇよ。それよりも俺は、これから先のことを考えたい」

「さきの、こと」

「例えば、この先もお前に山盛りの飯を食わせてやるには、どうすりゃいいかとか。お前の笑った顔を、これからもずっと見てぇなあとか、そういうことをな」

「冬吾さま――」

「お前が隣で笑っていると、俺は頗《すこぶ》る気分がいいんだ。お前をもっと喜ばせたい。お前が望むことを、何でも叶えてやりてぇなんて、柄にもねぇことを考えちまう」

まいったな、と冬吾は照れたように微笑んで、川風に乱れた髪を掻き上げた。

「ほたる。お前、ずっと俺のそばにいろよ」

「え……？」

「他にどこへも行かなくていい。この場所にも、もう戻ってこなくていい。この先ずっと、お前は俺のものだ。俺の屋敷で、俺のそばで、笑って暮らせ」

冬吾の右手が、お守り袋を握り締めていたほたるの左手を包み込む。

この大きな掌の力強さを、ほたるはもう知っている。ほたるに光を与え、眩しい方へと導いてくれる手。

かけがえのない冬吾の手に指を絡めて、ほたるは言った。

「おれも……っ、冬吾さま、おれも、冬吾さまのおそばに、これからもずっといたい」

生まれてから冬吾に出会うまで、何も持たず、何も持つことを許されなかったほたるが、たった一つだけ、失いたくないと思ったもの。

この我が儘が許されるなら、何度でも乞いたい。冬吾の手を離したくない。

「ほたる」

願いが届いたのだろうか。絡めた指を掬《すく》い上げるようにして、冬吾がほたるの手を自分の唇へと引き寄せる。ちゅ、と鳴った接吻の音は、川風に掻き消されるほど小さくても、ほたるの耳に確かに響いた。

「自分が言った言葉を、忘れんなよ」

「はい」

「お前はここで、俺にもう一度拾われて生き直すんだ。何があっても俺のそばを離れるな。俺も、絶対にお前を離さない」

「はい。冬吾さま」

「約束だぞ」

冬吾はそう囁きながら、指切りの代わりに、ほたるの小指を甘く噛んだ。彼の唇が動くたびに、くすぐられたようにそこが震えて、ほたるに眩暈《めまい》を起こさせる。

「鬼の心は、いとし、いとしという心。――冬に姿を見せねぇ蛍も、そうだといいな」

冬吾に紫乃が宛《あ》てた、手紙の言葉。それを独り言のように呟いてから、冬吾はほたるを胸に引き寄せ、抱き締めた。

（いとし、いとしというこころ。冬吾さまのそばにいたいきもちと、それは、同じなのかな）

いつかの眠れぬ夜のように、冬吾の鼓動が大きく打ち鳴らされている。ほたるの胸も、とくとくと、まるで共鳴するかのように跳ねた。

「もう行くぞ。お前の体が冷えてきた。火傷《やけど》しそうなシチューを食わせてやる」

「……はい。おなかがすきました」

抱擁を解いた冬吾を追って、ほたるも枯草の上を歩き出した。ざぷっ、と橋脚を浚《さら》った水音に気付いて、不意に後ろを振り返る。

「あ――」

ほたるの瞳に、白いおくるみの中で泣く、赤ん坊の幻が映った。捨て子だった自分を温めてやりたくて、ほたるは橋脚へと駆け戻り、そこにキャラメルの箱を置いた。

(冬吾さまがくださったもの。これでもう、おまえはさむくも、ひもじくもないよ)

在りし日の自分を思いながら、ほたるは心の中でそう言った。草の葉先がキャラメルの箱を撫でて、かさかさと音を立てている。

「ほたる?　何してんだ。早く来い」

「はい。すぐに行きます、冬吾さま」

立ち止まって自分を待つ冬吾のもとへと、ほたるは駆けた。さよなら。さよなら、捨て子だったほたる。ほたるは冬吾の羽織の腕にぎゅうっ、としがみついて、それきり後ろを振り返らなかった。

豆まきをした節分をだいぶ過ぎ、暦の上では春になった帝都に、例年にない大雪が降った。屋敷の庭の池も雪にすっかり埋もれてしまい、錦鯉《にしきごい》たちが泳ぐのをやめて寒そうにしている。いつも何かしら火を熾《おこ》している台所は、大雪の日でも暖かいほたるのお気に入りの場所だ。一日の仕事が終わった夜、女中たちが網で餅《もち》を焼いて食べている傍らで、ほたるは冬吾《とうご》の珈琲《コーヒー》を淹《い》れる練習をしていた。

「どうだい、ほたる、腕前は上がった？」

「冬吾様は味にお厳しいから、お前も大変だね」

「ううん。冬吾さまによろこんでもらえるようになるまで、がんばるんだ」

真面目だねえ、しっかりおやりよ、と、女中たちが口々に声をかける。ほたるは、うん、と頷《うなず》いてから、湯を注ぎ終わったやかんを鍋敷きに置いた。

焦げ臭くて苦い味しかしなかった珈琲も、毎日淹れていると、少しずつましな味が出せるようになってきた。しかしまだ、清武《きよたけ》の手本の珈琲には程遠い。

「――やっぱり、にがいや。手ごわいなあ」

試し飲みをした珈琲に、そう文句を言ってから、ほたるは二杯目に挑戦することにした。

練習のためならいくら豆を使ってもいいと、冬吾からは言われている。湯を沸かし直していると、台所に清武が駆け込んできた。

「た、大変だ……っ、みんな！」

彼の慌てた様子に、ほたるも女中たちも、俄《にわ》かにざわめいた。普段はおっとりと話す清武が、早口でまくしたてる。

「冬吾様が、病院へ運ばれた！　客に銃で撃たれて怪我《けが》をされたらしい！」

「ええ…っ⁉」

「う、撃たれたって、どういうことだい？　清武さん、冬吾様のご容体は⁉」

「詳しいことは、俺にもまだ分からないんだ。今さっき、知らせにきてくれた若い衆が、だいぶ出血なさってご自分では歩けない状態だと言っていた」

「いったいどこの誰がそんなひどい真似を――」

「とにかく、俺も病院へ行ってくる。みんなはとりあえず、屋敷内の戸締りをしっかりして、次の連絡を待っていておくれ」

清武と女中たちの会話が、ほたるの耳を素通りしていく。

青天の霹靂《へきれき》だった。冬吾が撃たれた。銃で撃たれた。現実感のない清武の言葉が、ほたるの頭の中をただぐるぐると廻《まわ》る。

「――たる、ほたる。聞こえないのか、ほたる！」

呆然《ぼうぜん》としていたほたるの肩を摑《つか》んで、清武が激しく揺さぶる。がくがくと壊れたように頭が揺れて、やっとほたるは我に返った。

「はっ……！　清武さん、おれ…っ、何をしたら」

「お前は洋館へ行って、冬吾様のお着替えを持っておいで。楽に着られるものがいい」

「お、おきがえ、わ、分かりました」

「表に車を回してもらっておくから、俺と一緒に病院へ行こう。ほたる、急ぐんだ！」

「はい！」

清武の大きな声を背に、ほたるは転がるような勢いで台所を出て、洋館へ通じる長い廊下を駆けた。

嘘だ。冬吾が撃たれたなんて、信じられない。あの誰よりも雄々しい人が、血を流しているなんて信じたくない。

（どうして、冬吾さまが……っ！）

ほたるは歯を食いしばりながら、洋館の階段を駆け上がって、冬吾の寝室の戸を開けた。簞笥《たんす》から寝間着や肌着を引っ張り出して、抽斗《ひきだし》も閉めずに再び階段へと駆け戻る。

何度も行き来したはずの、洋館から本館までの距離が、異様に長かった。玄関で履物に足を通すのももどかしく、息を切らしながら車に乗り込む。

「清武さん、冬吾さまは、だいじょうぶですよね？　へいきですよね？」

不安ばかりが立ち込めた車内で、ほたるは声を上擦らせながら、清武に言った。先に座席で待っていた彼の肩が、かたかたと震えている。

「……冬吾様のご様子を見るまでは、何とも言えないよ。俺は、いつか、こんなことが起きるんじゃないかと思っていた」

「清武さん」

「金貸しは人の恨みを買う、危ない仕事だもの…っ。誰に命を狙《ねら》われたっておかしくないんだ。今まで何もなかったことの方が、不思議なくらいなんだよ」

「そんな……っ」

冬吾を撃った相手は、彼が金を貸している客だという。厳しい取り立てをして恨まれたのだろうか。今はまだ、何一つ分からない。

病院までの暗い雪道を、ほたるは冬吾の着替えを抱いて、祈って過ごした。どうか冬吾の怪我が、嘘であってほしい。そればかりを祈って、激しい車の揺れに身を任せる。

随分長い時間をかけて、車はようやく七軒町《しちけんちょう》の外れの病院に到着した。院内の冷えた板張りの廊下を、ほたるは清武と先を争うように駆け、冬吾が運び込まれた部屋へと急いだ。

「冬吾さま――！」

「しィッ！　静かにしろ」

病室の戸を音を立てて開けたほたるを、誰かが室内から叱《しか》りつける。最初にほたるの視界に飛び込んできたのは、寝具を血で汚したベッドだった。

そのベッドの周りに、銀次《ぎんじ》と手下たちが立っている。丈の長い白い服を着ている人は、医者だろうか。脱脂綿で処置をしているその人のそばに、襦袢《じゅばん》の片肌を脱いだ冬吾が、撃たれた左腕を曝《さら》していた。

「……ほたる。そんなに血相を変えて、どうした」

「とう、ご、さま」

掠《かす》れ切った冬吾の声が聞こえてきて、ほたるは床に立ち尽くしたまま、動けなくなった。

ばつが悪そうにしかめた彼の顔が、瞬《また》く間に涙で見えなくなる。

「間抜けなことになっちまった。ざまぁねぇや」

ぐす、と洟《はな》を啜《すす》りながら、ほたるは嗚咽《おえつ》した。

冬吾の左の二の腕に、赤黒い焼けただれたような穴が空《あ》いている。

「冬吾さま……っ、冬吾さまの、うでが」

「見た目ほどは痛くねぇ。心配するな」

笑みを刻んだ唇は土気色で、冬吾がたくさんの血を失ったことが分かる。医者が消毒液を振りかけると、彼は顔をしかめて呻《うめ》いた。ほたるは震える足をどうにか動かして、清武とともに冬吾のそばへと歩み寄った。

「冬吾様。お声が聞けて、少しだけ安心いたしましたよ。とにかく、命があってよかった」

「ああ、清武。お前にも心配をかけちまった。すまねぇな」

いいえ、と声にならない声で応えて、清武が眼鏡の下の目頭を押さえる。周りにいた冬吾の手下たちも、安堵《あんど》と怒りと悔しさで、両目を真っ赤にしていた。

「だれ、なんですか。冬吾さまに、こんなひどいことをしたのは」

「借金を踏み倒そうとした客が、冬吾様に逆上したんだ。取り立てに行った先で、そいつが銃を持っていて……っ」

「銀次さん、相手は逃げたのかい？」

「すぐに取り押さえて、警察に突き出してやったよ。くそっ！　あの野郎、許せん……！」

「——銀次。そうかっかするな」

「いいえ……っ。すみませんでした、冬吾様。俺がおそばにいながら、何という失態を！」

土下座をする銀次に、冬吾は仕方なさそうに舌打ちをした。

「金貸しは敵の多い商売だ。こんなことは、あって当たり前。お前のせいじゃねぇよ」

「ですが！」

「お前に袋叩きにされたあの野郎の方が、多分重症だ。銀次、お前たちは槇《まき》のところへ行って、俺の代わりに聴取を受けてこい。聞かれたことには正直に答えろよ。いいな」

「——分かりました。行ってまいります」

床に伏していた体を起こして、銀次は手下たちとともに病室を出て行った。外の廊下に彼らの足音が響いていたが、ほたるはいくらも耳に入らなかった。

ぽたぽたと頰《ほお》を流れ落ちる涙を、止めることができない。銃を使った理不尽な凶行を、ほたるは許せなかった。ベッドの脇に置かれた、血のついた冬吾の着物の山を見て、怒りで唇を嚙《か》み締める。

「——藤邑《ふじむら》さん、一通りの治療は終わったよ。大きな血管や神経をよけるように、弾は貫通していた。幸いだったな」

「ああ、先生。助かったよ。こんな時間に病院を騒がせて、悪かったな」

「気を遣うな。痛み止めは打っておいたが、念のために飲み薬も出しておこう。今夜は発熱に悩まされるだろうから、安静にな。当分入院だよ」

「仕方ねぇ。清武、先生に支払いを。屋敷の連中には、俺は大丈夫だと伝えておいてくれ」

「ええ。女中たちもみんな心配しておりますよ。冬吾様、藤邑の本家には、何とお伝えいたしましょう」

「伝える必要はない」

しん、と一瞬、冬吾と清武の周りだけ静けさに包まれた。ほたるがそれを不思議に思う間もなく、清武が返事をする。

「承知しました。——ほたる、冬吾様の寝間着を。だいぶ血で汚れていらっしゃるから、湯をいただいて、お体をお拭《ふ》きしよう」

「はい。おきがえ、手伝います」

ほたるが胸に抱き締めていたせいで、寝間着にはたくさん皺《しわ》が寄っていた。看護婦が用意してくれた湯と手拭《てぬぐ》いで、血で染まった冬吾の左腕を清める。

それが済むと、治療代の支払いをしに、清武は病室を出て行った。二人きりになると、途端に室内が静かになって、冬吾の荒い呼吸音が耳についた。

「冬吾さま、すこし、うでをもち上げます。いたかったら、言ってください」

包帯を巻いた傷痕《きずあと》に気を付けながら、ほたるは冬吾の左腕を、寝間着の袖《そで》に通した。体のあちこちに散っていた血を綺麗《きれい》に拭き取って、呼吸が楽なように胸元をはだけたままにする。

(冬吾さまの体が、あつい。まるでもえているみたい)

発熱すると言っていた医者の言葉を思い出して、ほたるは冬吾の額に、自分の掌《てのひら》をあてた。は、は、と短く息をしながら、冬吾が熱で潤んだ瞳《ひとみ》で見上げてくる。

「こんな情けねぇ姿、お前に見られたくはなかったな」

「なさけなくなんか、ありません……っ」

ぽろっ、とまた、ほたるの頬に涙が落ちた。心配で心配でたまらなかった。冬吾のそばで見守ることしかできない自分が、悔しかった。

「泣くなよ。ほたる」

冬吾が無傷の右腕を伸ばしてくる。熱く火照った掌が、ほたるを安心させようとして、涙で濡《ぬ》れた頰を包んだ。

「腕一本なくしたって、俺は死なねぇ。こっちは、心臓を一突きにされる覚悟で金貸しをやってんだ。こんな傷、何ともねぇよ」

「うそです。うたれていたくないはずない……っ。冬吾さまは、おやさしいのに。人にうらまれるなんて、おれには分かりません」

「世の中には、借りた金を返す気のない、筋の通らねぇ奴らがいる。まあ、俺も女子供を売り飛ばして、煮え湯を飲ませた奴が山ほどいるから、おあいこだ」

ふふ、と微笑《ほほえ》んだ冬吾の顔が、痛みに歪《ゆが》んだ。気が付けば、彼の額には脂汗《あぶらあせ》が無数に浮かんでいる。

「冬吾さま、おくすりをのんでください。すぐに水をよういしますから」

「――いらねぇ」

「冬吾さまっ？」

「ここに、いい頓服《とんぷく》があるじゃねぇか」

冬吾は苦しそうな声でそう言うと、ほたるの頰に手を添えたまま、自分の方へと引き寄せた。

「ん……っ！」

瞬《まばた》きよりも早く、熱の固まりのような唇が、ほたるの唇を塞《ふさ》ぐ。冬吾が教えてくれた秘密の薬。ほたるは着せたばかりの冬吾の寝間着を握り締めて、求められるままに接吻《せっぷん》を捧げた。

「んん……っ、冬吾さま…っ、いたいの、なおった……?」

「まだだ。一回じゃ足りねぇ」

「おれが、冬吾さまのおくすりになるなら、いくらでも、せっぷんをしてください」

「馬鹿野郎。怪我人を煽《あお》んなよ——」

もう一度、今度は噛み付くような接吻をされる。冬吾の怪我が治るのなら、このまま食べられて、彼に飲み込まれてしまってもいい。ほたるは薬だ。

「ん……、ふ、う…っ。はっ……っ、は……」

ほたる、と名を呼んだ冬吾の唇が、仄《ほの》かに赤くなっていた。血の気《け》を戻した冬吾のそこに、ほたるは自分の指を添えた。

「冬吾さまのここも、いちごみたい」

「お前と同じだ。雪の季節が終わったら、田舎へいちご摘みに連れて行ってやろう」

「はい。うれしい……っ」

「本当にほたるは、薬みてぇだ。こんなに効く薬を、俺は他に知らねぇよ」

すう、と冬吾の瞼《まぶた》が閉じたかと思うと、彼はそれきり、何も話さなくなった。布団に横たわっていた彼の体から、あっという間に力が抜けていく。冬吾は浅い呼吸を繰り返して、そして眠ってしまった。

「冬吾さま……。たくさん、ねむって、早くなおってください。そして、いっしょにいちごを、つみに行くの」

ほたるは寝具を整えてから、脂汗のひかない冬吾の額を、もう一度手拭いでなぞった。

病室には入れ替わり立ち代わり、看護婦が容体を窺《うかが》いにやってくる。冬吾の脈や体温を測って、看護婦たちは神妙な顔で記録をつけていた。

「ほたる。冬吾様のご様子は？」

「ねむっています。ねつが、出ているみたい」

また病室の戸が開いて、支払いを済ませた清武が戻ってきた。二人で冬吾の汚れた着物を片付けながら、真っ赤に染まった羽織の袖を見て、ぐ、と悔しさをこらえる。

「急いで入院の支度を調えないと。俺は一度、屋敷へ戻る。看護婦さんがたびたび覗《のぞ》いてくれるようだから、お前も一緒に戻って、今夜はもうお休み」

ぶるぶるっ、とほたるは首を振って、ベッドの手摺《てす》りを握り締めた。

「おれ、朝までおそばにいます。ずっとここにいます」

「無理をしてお前が風邪をひきでもしたら、冬吾様がお怒りになるよ」

「おれはへいきです。冬吾さまのかんびょうがしたいんです。おれにやらせてください」

「ほたる――。分かった。握り飯でもこさえてこよう。今夜は二人で交代で看病をするんだ」

「はい…っ」

「すぐに帰ってくるからね。何かあったら、看護婦さんを呼ぶんだ。いいね？」

「はい」

自分の上着をほたるに羽織らせて、清武が再び病室を後にする。しばらくすると、病院の玄関の方から、微《かす》かに車の音が聞こえてきた。

真っ暗な夜空を透かした病室の窓に、ほたるの顔が映り込んでいる。昼間から降っている雪はまだ続いていて、小さな庭先の植木を、こんもりとした綿帽子で包んでいた。

冬吾をただ見つめて過ごす間、かち、かち、と、病室の壁時計の針が時を刻む。夜の十時は、普段ならもう寝床に入っている時間だ。

屋敷の冬吾のベッドで、二人、寝酒に興じる彼と過ごす静かな時間。ほたるが眠たそうに瞼を擦《こす》ると、冬吾はよく腕枕をしてくれた。ほたるに満ち足りた夜をくれる左腕が、今は、傷ついて動かない。

「冬吾さま」

冬吾の眠りを邪魔しないように、心の中で呼んだつもりだったのに、知らぬ間に声が出てしまう。否応なく、左腕のむごい傷痕が思い浮かんできて、恐ろしくてほたるの背筋が寒くなった。

このまま冬吾が目を覚まさなかったらどうしよう。せっかく止まった血が、また溢《あふ》れてきたらどうすればいい。ほたるはたまらなくなって、ベッドの手摺りに自分の顔を突っ伏した。

隅田川《すみだがわ》と神田川《かんだがわ》が交わる柳橋の下。ほたるを抱き締めて、ずっと俺のそばにいろ、と冬吾が言ってくれたのは、たった三日前だ。あの時の眩暈《めまい》のするような抱擁も、溶けるような温《ぬく》もりも、まだほたるの体に色濃く残っているのに。ほたるの得た幸せは、ひどく脆《もろ》くて、薄氷のようなものに過ぎなかった。

「……う…っ…」

「冬吾さま――？　苦しい、ですか？」

瞼を閉じたまま、冬吾は短く呻いた。眠っていてもなお、痛みは彼の左腕を蝕《むしば》んでいる。ほたるは泣き出しそうなのを我慢して、冬吾の首の方まで垂れてきた汗を拭った。

「え…っ」

手拭い越しに触れた首が、尋常ではない温度になっていた。冬吾の頭の下の氷囊《ひょうのう》も、中身の氷がほとんど融《と》けてしまっている。

「ねつが、ひかない。冬吾さま……！」

新しい氷を注ぎ足し、濡らした手拭いで額を冷やしても、まったく役に立たない。冬吾の熱は収まる気配がなかった。

「はっ、はぁ……っ」

「冬吾さま。つらいですか。冬吾さま」

「熱、い」

冬吾は無意識にそう言って、右手で寝具を撥《は》ね除《の》けた。熱と痛みに苦しみ、もがく冬吾を見ていられない。ほたるは胸が張り裂けそうになりながら、看護婦を呼びに行こうとした。

「ほたる……」

夢を冬吾は見ているのだろうか。聞こえるか聞こえないかの、とても小さなその声が、病室を出ようとしていたほたるを引き止める。

——そばにいてくれ。まるで冬吾にそう言われたようで、ほたるはベッドの方へ駆け戻った。

「冬吾さま。ここにいるから。おれは、おそばにいるから」

ほたるは手拭いに氷を包んで、それを冬吾の頰や首筋に宛《あて》がった。氷が融けてなくなると、窓を開けて手近な雪を掻《か》き集め、それを代用品にする。しかし、雪もすぐに使い果たしてしまった。

「もっと、ひやさなきゃ。たったこれだけの雪じゃ、まにあわない」

冬吾の苦しみを、少しでも取り除いてあげたい。ほたるはその一心で、開けた窓から外へと飛び下り、雪の庭を駆けた。

誰の足跡もついていない、真っ白な庭に体を投げ出し、雪の中に自分の体を埋める。手や足、腕、太腿《ふともも》、思いつく限り、ありったけの肌に雪を擦り込んで、ほたるは自分を氷にした。

（まっていて。冬吾さま。おれがたすけてさしあげる）

雪まみれになったほたるの髪に、新しい雪が夜空から舞い落ちる。

寒さなど感じなかった。自分のことより、冬吾の方が大事だった。彼を助けたい。そのことだけがほたるにとって重要で、必要なことだった。

「冬吾さま――――!」

ほたるは窓から病室へ戻ると、かじかんだ両手で冬吾の頬を包んだ。彼の額には自分の額をあて、かっかと勢いを増す熱を吸い取る。

「……う……、ん」

「きもちいいですか、冬吾さま。つめたいですか」

ベッドの脚を軋《きし》ませて、ほたるは冬吾の体に乗り上がった。自分の重みを預けないように気を付けながら、全身を寄り添わせて彼を冷やす。

がちがちと鳴っていたほたるの歯の根が、冬吾の熱を奪っていくのに従って、だんだん静かになっていった。ほたるの冷たい胸の下で、冬吾の胸が鼓動を繰り返している。

冬吾の命の音を間近で聞くことが、こんなにも嬉しく、ありがたいものだと、ほたるはこの時まで知らなかった。このままずっと鼓動を聞いていたい。心からそう思う。

ぽたり、と、ほたるの髪の先から、雫に変わった雪のかけらが落ちた。それを受け止めた冬吾の瞼が、ゆっくりと開いていく。

「……ほたる……?」

夢と現《うつつ》の狭間《はざま》で、冬吾はほたるを呼んだ。雫《しずく》がまた、腫《は》れぼったい彼の瞼を濡らした。

「冬吾さま。おこして、しまって、ごめんなさい」

「何をしてんだ、ほたる。冷てぇぞ――お前の髪、何で濡れて……。おい！」

冬吾は右腕一つで体を支えて、ほたるの体ごと起き上がった。見開いた彼の漆黒の瞳に、髪も着物も濡れそぼったほたるが映っている。

「うごいてはだめです、冬吾さま…っ！」

「うるせぇ。お前、体じゅう氷みてぇじゃねぇか。何をした。ほたる、言え」

「冬吾さまのねつを、さまそうとして、おにわの雪を、おれに」

「馬鹿か！　死んじまうぞ、お前！」

冬吾はほたるを片腕で抱き寄せ、痛いほど髪を掴んだ。雫ごと髪を掻き混ぜてから、引き千切るような力でほたるの着物を剝《は》いでいく。

「冬吾さま、どうしたの……っ？」

「黙ってろ。……この馬鹿野郎……っ。俺のために、お前は何てことをするんだ……！」

馬鹿、阿呆《あほ》、と繰り返しながら、冬吾はほたるを裸にして、熱い掌で肌を撫《な》で摩《さす》った。肩も、背中も、褌《ふんどし》を解かれた尻も、氷だったどこもかしこも冬吾に温められていく。

「くそっ。二度とこんな真似をするんじゃねぇぞ」

「はい。いけないことなら、もうしません」

「いけねぇよ……っ。いけねぇに決まってるだろ。俺を喜ばせるな！」

「——冬吾さま、よろこんで、くださったの……？」

「ああ。嬉しくてたまんねぇよ。俺に一途《いちず》なお前を見てると、もうどうしようもねぇ」

冬吾に喜んでもらえた。嬉しくて仕方なかった。もう一度雪の庭に飛び込めと言われたら、すぐにそうする。

「お前に寒い思いをさせておいて、何でこんなに喜んでんだよ——。やっぱり俺は、鬼だ」

もどかしそうに吐き捨てて、冬吾は汗の滲《にじ》んだ頬を、ほたるの頬にくっつけた。彼が震えていることが分かって、ほたるの胸の奥も揺さぶられる。

「もっと、冬吾さま、もっと、ぎゅうってして」

冬吾を助けたつもりだったのに、彼が分けてくれる熱を、ほたるの全身が欲しがっていた。

「片手じゃお前を、ちゃんと抱いてやれねぇ」

「——いいです。あったまるおくすり、ください。冬吾さまとせっぷんがしたい」

ほたるは冬吾の首にしがみ付いて、接吻をねだった。ほたるの体の中で、唇だけがまだ、氷のまま残っている。

「ああ。お前が溶けちまうまで、あっためてやる」

その言葉を聞いただけで、ほたるの心は溶け落ちそうだった。

乾き切った冬吾の唇が、激しい仕草でほたるの唇を塞ぐ。重ね合い、触れ合った二人のその場所は、ひといきに温度を上げていった。

冬吾の熱に蕩《とろ》かされたように、ほたるの唇が柔らかく解《ほど》けていく。歯列の隙間から滑り込んできたのは、唇よりも熱い舌の先だった。

「ふ、あ、…んぅ…っ」

縦横に動く冬吾のそれに、自分の舌を搦《から》め捕られながら、ほたるは震えた。くちゅりと鳴った水音と、掻き回される口腔の感覚が、頭の中までもほたるを真っ白にする。

(冬吾さまが、おれの口の中で、あばれている)

息も声も何もかも奪い尽くされて、ほたるは気が遠くなった。体の奥から漣《さざなみ》か、沸騰する湯のような何かが湧《わ》き上がってくる。抗《あらが》えないその衝撃に、がくん、と細い体をのけ反らせて、ほたるは接吻を解いた。

「は…っ、はあっ、あ――んっ」

息を整えようと思ったら、首筋を噛まれて短い声を上げる。震えるほたるの肌に、牙《きば》のような歯を立てながら、冬吾は首から鎖骨へ赤い痕をつけた。

「んんっ、くっ」

微かな痛みと、くすぐったさが混じった、冬吾が辿《たど》った軌跡。尖《とが》った歯を唇へと変えて、冬吾はほたるの胸に接吻をした。ちゅ、ちゅ、と小さく与えられる薬が、飾りのような胸の先端に施された時、ほたるの体にまたあの漣が起きた。

「あ…っ…、冬吾さま…、何か、へんです……」

びくっ、と波打つほたるの背中を、骨に沿って冬吾の右手が滑り下りていく。同じ速度で胸の先を舌でなぞられると、不可思議な漣はいっそう大きくなった。

「ああ……っ、何。これは、なんですか」

体の中のざわめきに、ほたるは混乱した。くちゅくちゅと胸をいたぶられたら、何故《なぜ》だか腹の奥が熱くなる。背中に指で円を描かれたら、今度は腰の奥が切なくなる。

「……ひぁ…っ、や…っ、ああ、ん……っ」

聞いたこともないような甘い声を上げて、ほたるは冬吾の膝《ひざ》の上で体をくねらせた。

「んっ、はぁ……っ、は…っ」

自分の体が、どこもかしこもままならない。雪で凍えていたはずの肌は火照り、汗ばみ、自ら熱を発している。

「あつい――、冬吾さま、ああ……っ!」

冬吾の右手が背中から腰をなぞり、ほたるの前へと回ってくる。脇腹を撫でていたかと思ったら、彼の手は、あらぬところを目指した。

薄い下生えに見え隠れしていた、ほたるの男子の証《あかし》。慎ましくも正直な、熱に煽られて膨らみ始めていたそれを、冬吾は掌で包んだ。

「んぅ…っ、んっ。そこは、きたな、い、ところです、冬吾さま」

「ほたる。ここに触れると、お前はもっと熱くなる」

「おくすり、ですか。これも。冬吾さまがおれにくださる、せっぷんですか」

「違う。接吻はこっちだ」

「あうっ、ん、……はっ、んく…っ！」

ほたるの唇を嵐が攫《さら》い、口腔に潜り込んできた冬吾の舌が、また新しい熱を生む。頰の裏や上顎《うわあご》をめちゃくちゃに吸われて、ほたるは無意識に腰を振った。

「んん――！」

がくがくっ、と体が砕け落ちるような錯覚とともに、冬吾が右手を動かす。彼の掌の中で、分身のようなほたるのそこが息づいている。恥ずかしい場所を揉《も》みしだかれているのに、冬吾のすることを恐れる気持ちも、抗う気持ちも確かにあるのに、ほたるは彼と接吻を交わしたまま、もっと触れてほしいと腰を突き出していた。

（あつい。あつくて、苦しくて、おかしくなる。からだの中が、ぶくぶくあわ立って、おぼれてしまいそう）

冬吾が手を動かすたび、ぐちゅっ、ずちゅっ、と水音がした。何故濡れた音がするのか、冬吾がそれを分からせるように、ほたるの先端に溢れていた蜜《みつ》を指で塗り拡げる。すると、ほたるの体内の漣が、快楽の本能と結びついて、出口を求め始めた。

「んうぅ…っ！　う、あ、ああ……っ！　やあぁ…っ！」

水音が大きくなるにつれて、しゃくり上げる腰を止められない。冬吾の寝間着の背中を握り締め、もう接吻さえできなくなって、ほたるは初めて覚えた淫《みだ》らな衝動に溺《おぼ》れた。

「冬吾さま……っ、あっ、はあっ、あん……っ、冬吾さま」

「ほたる——」

「冬吾さま、とける、とけそうっ……、きもちがよくて、とける……っ」

「溶けちまえ。全部見ていてやるよ。ほたるは俺のものだ。お前を溶かしていいのは、この俺だけだ」

「冬吾さま、だけ。おれのだんなさまだけ……っ。あっ、ああ、んっ。あああ…っ！」

ほたるの内側を駆け巡った熱が、ついに溶けて、弾《はじ》けた。痺《しび》れるような放埓《ほうらつ》の刹那《せつな》、波状の快楽に押し流される。

ほたるは何度も何度も腰を揺らして、冬吾の掌に精を放った。白いぬめりはとめどなく、指の隙間から溢れて垂れていく。

「あ……、あ……っ…、ん、は……っ」

ふら、と眩暈を起こして、ほたるは冬吾の胸に体を預けた。今は何も考えられなかった。達した余韻に髪の先まで満たされて、潤み切った瞳で冬吾を見上げる。

「……とけて……しまいました……」

「ああ。いい子だ。こんなにたっぷり溶けて、体もあったまったろう」

指を汚した白濁を、冬吾はベッドの傍らにあった手拭いで清めた。ほたるを胸に抱いたまま、冬吾は耳朶《みみたぶ》を食《は》むようにして囁《ささや》く。

「このまま眠れ、ほたる。お前の寝顔も、俺の薬だ」

「冬吾さま――」

「俺のことは、もう心配いらねぇから。朝になったら、きっと元気になってるさ。雪をかぶって看病してくれたお前のおかげだ。安心して眠れ」

掠れた声で命じながら、冬吾は赤みを帯びたほたるの瞼を、唇で封じた。疲れ切ったほたるが寝息を立て始めたのは、それから間もなくのことだった。

六

「冬吾さま、お湯があつくはないですか？」

「ああ。これくらいがちょうどいい」

「よかった」

ほたるは湯で搾った手拭いで、冬吾の大きな背中を拭いた。風呂好きな冬吾がそれで満足するはずはないが、せっせと手を動かすほたるを見て、笑みを浮かべている。

銃撃の一件があってから、三日が過ぎた。元々丈夫な体が幸いだったようで、冬吾の傷口の痛みと熱は、少しずつ治まり始めている。身の回りの世話をしに病室へ通っているほたるも、だんだん生気を取り戻していく冬吾の様子に安堵していた。

「髪を洗いてぇな。医者の野郎、風呂は当分駄目だと言いやがる」

「もう少しよくなって、おやしきに帰ったら、おふろにはいれます。それまでがまんしてください」

「まあ、お前に毎日、こんな風にいたれりつくせり看病をしてもらうのも悪くねぇけどな」

「帰ったらいちばんに、おれにかみを、あらわせてくださいね」

「お前の他に、誰にさせるかよ」

えへへ、と照れくさく笑って、ほたるは手拭いを冬吾の肩へと滑らせた。左腕の包帯に近い場所は、障りがないように慎重に拭いていく。

真剣だったせいで、冬吾の顔が自分の顔のすぐ近くにあることを忘れていると、突然耳朶をかぷりとやられた。

「ひゃっ！　冬吾さま……っ、何をなさるんですか」

「柔らかそうだと思ってよ。――ああ、ここも悪くねぇな」

ぺろりと、悪戯《いたずら》な舌先に、今度は首筋をやられる。他にもほたるの耳に息を吹きかけたり、髪をくいくい引っ張ったりして、冬吾は邪魔をしてばかりだ。

「だめです、冬吾さま。手もとがくるって、体をふけません」

「丸三日もじっとしてたら体が鈍《なま》るんだ。やんちゃに付き合えよ」

「冬吾さま――」

まるで子供のようなことを言いながら、冬吾は右腕をほたるの腰に回した。そのままベッドの端に座らされて、逃がさない、とばかりに広い胸に抱き留められる。

「捕まえたぞ。ほたる」

冬吾の唇が、ちゅ、と小さな音を立てて、ほたるの頬に接吻をした。たったそれだけの触れ方で、ほたるは気が遠くなってしまう。

（あの夜から、ずっと、おれはおかしい）

三日前の夜に交わした接吻は、それまでほたるが知っていた接吻とは違っていた。舌と舌を絡める激しいそれを、ほたるは鮮明に覚えている。思い浮かべただけで胸の奥がとくとく鳴って、着物の下に汗が浮かんでくる。

（冬吾さまが、おれの口の中でたくさんうごいていた。むちゅうでせっぷんをしていたら、おれの体が――あつくなって）

かっ、と頬を赤らめて、ほたるは冬吾の胸元に顔を伏せた。

あの夜の出来事は、きっとずっと忘れられそうにない。燃えるように熱い冬吾の手に導かれて、甘い声を上げながら果てることを教えられた。ほたるの体は、冬吾の熱を分け与えられたように、三日前からどうにも火照ってばかりいる。

（あれからずっと……お風呂につかってるみたいだ。冬吾さまが、おれをあっためてくださったから、ずっとのぼせている）

自分でさえもあまり触れない場所を、冬吾の大きな掌に包まれて、指でいたぶられた。節くれた武骨な彼の指が、あんな風に繊細に、丹念に動くなんて。人と肌を重ねたことのない、おぼこいほたるには初めての経験だった。

「どうした、ほたる。顔が赤いな」

こつ、と額に額をぶつけた冬吾が、一寸も離れていないところから、ほたるの瞳を覗き込む。その瞳があんまり熱っぽかったから、ほたるは胸がいっぱいになって、冬吾を見つめ返すことができなかった。

（どうしておれは、はずかしいんだろう。冬吾さまの目を、まともに見られない）

冬吾と寄り添っているだけで、ほたるの体はますます熱く、胸もどんどんうるさく鳴って、何だか息が苦しい。

あの夜を境に、まるで体じゅうを作り変えられてしまったようだった。冬吾に触れられると嬉しくて、無邪気に甘えていたはずなのに、恥ずかしさが枷《かせ》になって甘えられない。

「と、冬吾さま、のどがかわいていませんか。おれ、お茶をいれてきます」

ほたるは、力の入らない手で冬吾の体を押しやって、ベッドを下りようとした。裸の彼の胸に触れた指先が、じんじんと痺れている。

「茶よりもお前がいい」

「冬吾さま……」

「観念しろよ。ほたる。お前が何で顔が赤いか、俺には分かってんだ」

「えっ」

「この間のことを思い出してるだろう。お前の体は熱いまんまだ。――俺がそうした。お前が、俺のことしか考えられねぇように」

冬吾の囁きが、何かの術のように、ほたるの体をまた熱くしていく。翻弄《ほんろう》されるまま、くらくらと眩暈を起こしたほたるの胸元に、冬吾はいけない指先を差し入れてきた。

「ん……っ…」

「ほたる、口を開けな。また舌の奥の方をいたぶって、お前をとろとろにしてやる」

「や――、冬吾さま。はずかしい」

「かわいいことを言うんじゃねぇよ。俺に逆らう気か？」

きゅく、と小さな胸の先端を抓《つね》られて、ほたるは髪を乱してのけ反った。体にこもった熱を吐き出そうと、半開きにした唇に、冬吾が舌先を忍ばせてくる。

「んんっ、ん、ふ」

抗う隙もなく抱き締められ、自分の舌を吸い上げられて、接吻に酔わされる。深く、激しく、ほたるを求めてくる冬吾の唇。一度奪われたらもう、ひとたまりもない。

「……んぅ…っ、ん……っ、冬吾、さま、ああ……っ」

「ほたる――」

「ひう……っ」

はだけたほたるの胸に顔を埋《うず》めて、冬吾は赤く腫れた乳首を吸った。くちくちと舌先でいじめられると、そこが硬くしこってくる。

「あっ、はあっ、そんなにしたら、だめ……っ」

触れられているのは胸なのに、腰の奥の方が疼《うず》き出して、ほたるは惑乱した。またあの、体が溶ける瞬間がやって来そうで、息を荒くして意識を散らそうとする。

——コツ、と、何かを叩くような音が聞こえた気がした。しかし、同時に冬吾が乳首を甘嚙みしたから、ほたるの耳は役に立たなくなった。

「ああ、ん…っ！」

びくびくっ、と肌を震わせて、ほたるはたまらず冬吾に抱きついた。着物の下をいやらしく這《は》っていた手が、ほたるを裸にしようとしている。赤く染まった項《うなじ》を露《あら》わにされたほたるの背後で、病室の戸が、かたん、と開いた。

「——見苦しい。呆《あき》れた光景だな、冬吾」

冷水を浴びせられたように、ほたるは全身を硬直させた。

誰かが後ろに立っている。背中に感じた闖入者《ちんにゅうしゃ》の眼差《まなざ》しは、ひどく冷たく、針のように刺々《とげとげ》しかった。

「冬吾さま…っ」

「静かに。黙って俺にくっついていろ」

ほたるにしか聞こえない声で耳打ちをして、冬吾は寝具を手繰《たぐ》り寄せた。小刻みに震え出したほたるの肩が、温かなそれに隠されていく。

「これはこれは、相変わらず、ご壮健そうで何よりです。よくぞここがお分かりになりましたね」

「お前の居所など、すぐに耳に入るわ。その人を食った態度はまこと腹立たしい。久方ぶりに会った私に、頭一つ下げられんとは」

「伯父上《おじうえ》殿。招かれざる客に、下げる頭など持ち合わせておりません」

ぐい、と寝具の上からほたるを抱き寄せ、冬吾は慇懃《いんぎん》な口調でそう言った。

(おじ上——さま?)

病室を訪れたのは、冬吾の家族のようだった。しかし、家族が見舞いに来たにしては、客の声に温かみがない。

「私の前では、身なりを整えろ、冬吾」

「生憎《あいにく》、腕を痛めております。看護の途中でしたので、多少の見苦しさはご容赦いただきたい」

「……看護だと…?　そのような下賤《げせん》な者と、憚《はばか》りもせず乳繰り合うことがか」

自分のことを言われて、ほたるは声もなく体を縮こめた。さっきまで冬吾と睦《むつ》み合うことに夢中になっていたせいで、容赦なくぶつけられた言葉に、頭がついて行かない。

すると、冬吾はほたるの頭を、右手で包み込むように撫でてくれた。たったそれだけで、訳の分からない不安が半分になった。

「こいつは俺のものです。伯父上がお気に召されなくても結構」

「お前はいつもそうだ。己の立場も考えず、そうやって手近な者を慰んでは、浅はかな享楽に耽《ふけ》っている」

「冬吾さま――」

「ほたる、心配するな。客を追い払ったら、すぐにさっきの続きをしてやる」

戸惑うほたるのこめかみに、冬吾は唇を寄せてくる。目だけは客の方を向いて、見せつけるように接吻をする様は、逆鱗《げきりん》に触れる挑発でしかなかった。

「いい加減にせんか！　冬吾！　お前はいったい、どこまで堕落すれば気が済むのだ！」

「――ここは病院だ、糞爺《くそじじい》。怪我人に大きな声を出すんじゃねぇ」

「口汚い奴め……っ。卑しい金貸しなどに身を落とすから、そのようなことになるのだ。藤邑の血筋の者が、銃で撃たれるなど、前代未聞だ。恥を知れ！」

「ごたごたうるせぇんだよ。こいつが俺にかわいがってもらいたくて待ってんだ。早く用件を言いな」

ほたるの髪を鷲掴《わしづか》む冬吾に、客がこれみよがしな溜息《ためいき》をつく。冬吾は握り締めた髪にも接吻をして、獰猛《どうもう》な目つきをさらに鋭くさせた。

「冬吾。再三金貸しをやめろと言ってきたが、言って分からぬようでは、こちらにも考えがあるぞ」

「てめぇらとはとうに縁を切っている。俺がどこで何をしようと、俺の勝手だ」

「情けない。お前の振る舞いは、悉《ことごと》く藤邑の名を汚しているのだ。お前は先日、神林《かんばやし》伯爵に借財の取り立てを行ったそうだな」

「神林。ああ、あの度を外れた蒐集家《しゅうしゅうか》か。そんなこともあったな、確か」

その伯爵の名は、ほたるもよく覚えていた。家宝の香炉のために、自分の妻子を売ろうとした、愚かな人物だった。

「神林殿は私が昔から懇意にしている友人だ。伯爵家を貶《おとし》めるとは何たること……っ。お前は、私の顔に泥を塗ったのだぞ」

「くだらねぇ。貸したものを返してもらっただけだ。道理はこちらにある」

「薄汚れた金貸しの道理など、伯爵家に通用すると思うのか」

「——伯爵だろうが公家だろうが、金の前では誰もが同じだ。伯父上。てめぇらが下々と呼ぶ者と、てめぇらは何一つ変わらない。何故《なぜ》それが分からない」

「詭弁《きべん》を並べ立てるな。この恥曝しめが！」

ひゅっ、と空を切る音がして、客が手を振り下ろした。冬吾の頬を打ち据えたそれが、秒間もなくもう片方の頬にも襲いかかってくる。

「冬吾さま！　やめてください、お客さま！」

冬吾を庇《かば》おうと伸ばしたほたるの手を、客は骨が折れるほどの力で摑んだ。ほたるはそのままベッドから引き摺《ず》り下ろされ、病室の床へと倒れ込んだ。

「あう…っ！」

「ほたる！」

「動くな冬吾――」

がつん、と、うつ伏せになったほたるの眼前で、杖《つえ》の先が床を突く。ぞっとしながら、ほたるは客が持つその杖を見つめた。ほんの少し的がずれていたら、きっとほたるの頭蓋《ずがい》に穴が空いていた。

（怖い……。いったい、この人は）

背筋を凍らせながら、ほたるは目だけを動かして客を見上げた。初老の豊かな髭面《ひげづら》と、白髪混じりの整った髪。上流な空気を醸し出す背広を身に着けた紳士は、まるで虫けらでも見るように、蔑《さげす》んだ目でほたるを睥睨《へいげい》している。

「そこの者。お前は冬吾が何者か知っていて、妾《めかけ》の真似事をしているのか」

「……めかけ……？」

「この藤邑侯爵の甥《おい》を、よくも惑わせてくれたな、小僧」

こうしゃく、とほたるの唇が、呼び慣れないその称号を呟《つぶや》いた。

平民の上に位置する、公、侯、伯、子、男の華族の爵位。それを持つ人が、冬吾の身内にいたなんて。ほたるは驚いて、瞬きを繰り返した。

「こうしゃく、さま？　冬吾さまの、おじ上さまが……？」

うそでしょう、と呟いたほたるの瞳に、冬吾の背中が映った。客の杖を蹴《け》り飛ばし、ほたるを後ろに庇って、冬吾は叫んだ。

「黙れ！　こいつに余計なことを吹き込むな！」

冬吾の苛烈《かれつ》なその声が、客の言ったことが真実であると知らしめている。冬吾が初めて見せた狼狽《ろうばい》を、客はけして見逃さなかった。

「何を慌てている。お前は己の身分を忘れたのか」

わなわなと震える冬吾の背中を見つめて、ほたるは青褪《あおざ》めた。

（冬吾さまは、高いみぶんをおもちだったんだ。使用人のおれとはちがう、くもの上にいらっしゃるお人だったんだ）

冬吾は本当の身分を、ほたるに明かしたことはなかった。とても裕福ではあっても、磊落《らいらく》で無頼な冬吾を、ほたるは同じ平民だと勝手に思い込んでいた。

「侯爵家と言っても、男妾の愚劣な頭では分からぬだろう。下々は下々らしく、春をひさぐ相手を間違えぬことだ」

「てめぇ……っ。その口を閉じろ！」

爵位を持つ人々が、どれほど特別な家柄なのか、ほたるでも知っている。身分が違えば、対等に口を利くことも許されない。ましてや、手で触れたりしてはいけない、それが当たり前の世の中だ。

（いけない。冬吾さま。冬吾さまが、おれなんかをかばっては）

身分を明かされなければ、冬吾が守ってくれることを、ただ純粋に喜べたかもしれない。

しかし、冬吾はほたるとは住む世界の違う人だったのだ。

(おれは、かんちがいをしていた。冬吾さまが、おやさしいから、いやしいみぶんのくせに、何でもゆるしてもらえるって、思っていた)

ほたるは床の上をじりじりと後ずさって、手足を丸めて、石のように小さく蹲《うずくま》った。

「もうしわけ、ありませんでした。今までの、かずかずのごぶれい、おゆるし、ください」

「な…っ、ほたる？　何をしてんだ、お前は！」

「――おお、その者は己を弁《わきま》えておる。そのまま地べたに這いずっておれ」

「……はい……っ」

床に擦り付けた額が痛い。青戸屋《あおとや》で奉公をしていた頃に、よく味わった痛みだ。お前は使用人の中の、下の下の下働きだと、何度も言い聞かされて染みついた痛み。どうしてそれを、今まで忘れていたのだろう。

「やめろ。俺がいつ、お前にそんなことをしろと言った。ほたる、頭を上げろ…っ！」

「冬吾！」

客が冬吾の頬をぶったのも、冬吾が客を睨《にら》みつけたのも、床に頭を下げたままのほたるには何も見えなかった。嵐が過ぎ去るのを待つように、ただ肩を縮めて息をひそめる。

「妾ならせめて女にせい。男を抱くなど、虫唾《むしず》が走るわ」

「出て行け。てめぇの顔なんざ、二度と見たくない」

「ふん。藤邑の男子にふさわしい相手は、私がいくらでも用意してやる。いつまでも金貸しに身をやつしていられると思うな。……お前は侯爵家の一員らしく、私の目の届くところで、まっとうに生きればよいのだ」

客は杖を拾い上げると、背広の裾《すそ》を翻して、病室を出て行った。冬吾が右手を握り締めて、慟哭《どうこく》のように唸《うな》る。

「くそっ——！」

かつん、かつん、と杖をつく音が、廊下の外から響いていた。その音が聞こえなくなるまで、ほたるは頭を上げられなかった。いや、聞こえなくなってからも、身動き一つできなかった。

「……もういい。ほたる。頭を上げろ」

ほたるは床に額をつけたまま、だめだと言葉にする代わりに、首を振った。

冬吾とみだりに口をきいてはいけない。冬吾の素性を知った今、それは畏《おそ》れ多いことだ。

「頼む。顔を見せてくれ。立て」

「……っ」

「ほたる」

首を振ってばかりのほたるを、冬吾は哀切な声で呼んだ。

「ほたる。何故だ。ほんのさっきまで、お前は冬吾さまって、俺を呼んで甘えてたじゃねぇか。何で急に、俺の目さえ見てくれない」

冬吾の声が、あんまり悲しそうだったから、ほたるは背中を強張《こわば》らせてもっともっと小さくなった。

許されるなら、ほたるも冬吾の名を呼びたい。しかし、身分という透明でいて厳格な壁が、二人を遠く隔てている。

「こ……こうしゃくさまの、いえがらのおかたに、今までなれなれしくして、すみませんでした」

「ほたる――」

「どうか、おゆるしを。どうか……っ」

「やめねぇか。俺がお前に一度でも、身分がどうとか言ったことがあったか」

は、と呼吸を止めて、ほたるは額を床から離した。ほんの少しだけ開けた視界に、すぐそばでゆっくりと跪《ひざまず》く冬吾が見える。

「身分なんてものは、何の意味も値打ちもないんだぞ。この床みてぇに、お前と俺は、まったいらだ。人に上も下もない」

「……いいえ…っ、いいえ！　そんなはずは、ありません」

「紫乃《しの》も銀次も、屋敷で暮らす連中の誰一人、俺の身分を気にする奴はいねぇよ。お前だけだ。そんな意固地になってんのは」

「みんな――ごぞんじだったのですか？　おれだけ、知らなかったなんて…っ」

恥じ入るほたるに、冬吾は溜息を零《こぼ》した。

「たまたま、生まれ落ちた家が、藤邑という家だっただけだ。家族は誰も、人に頭を下げたこともなければ、泥に塗《まみ》れて働いたこともない。さっきの傲慢《ごうまん》な男を見りゃ分かるだろう。あれは俺の親代わりだった伯父だ。けして、居心地のいい家じゃねぇ」

「でも、くもの上の、ごみぶんです。捨て子だったおれと、あなたさまは、ちがいます」

「ほたる。そんな寂しいことを言うのはやめてくれ」

冬吾が右手を伸ばして、ほたるの髪に触れる。びくっ、と怯《おび》えた肩には、動かしてはいけないはずの、冬吾の左手が置かれた。

「ひだりの手……っ、は、はなしてください、冬吾さま……っ」

「――やっと呼んだな」

「いけません、冬吾さま！　おけがが！」

「お前が俺の言うことを聞かねぇなら、この手は潰《つぶ》れるまでこのままだ」

ほたるの肩を摑んだ左手に、強い力が加えられる。二の腕に負った銃の傷が、今にも開き、鮮血が流れ出してしまいそうで、ほたるは焦った。

「だめ……っ、はなして！」

「ほたる」

「おれに、さわらないでください、冬吾さま！　いやだ！」

ほたるは冬吾の胸を押し返して、逃げようとした。無様に床を這いずったほたるの体を、後ろから長い腕が掻き抱く。

「逃げるんじゃねぇ！」

耳元で怒鳴られて、またほたるは首を振った。冬吾の両腕は、まるで縋《すが》るようにほたるをきつく抱き締めている。

「――どこへも行かせねぇぞ。お前は俺のそばにいるんだ」

「や……っ」

「約束を忘れたか。お前が捨てられていた橋の下で、お前は俺に言った。ずっとそばにいると、誓ったはずだ」

「冬吾さま――」

「あれは嘘か。お前は俺に、嘘をついたのか」

「……ちがいます。うそなんか……っ、ついてない」

「俺の名を習って嬉しそうにしてたのも、お前が書いた恋文も、雪まみれになって俺を看病してくれた、あれも全部、なかったことにするつもりなのか」

「いいえ……！　そんなの、いやだ……っ。ぜんぶ、ほんとうのことだもの。冬吾さまのごみぶんを知っても、なかったことになんか、できません」

「それでいいんだ。ほたる。お前は何一つ間違っちゃいない」

「でも――でも」

「ほたる。身分なんかくだらねぇもののために、お前に背を向けられたくねぇよ」

「冬吾さま……っ」

「お前とこうしているだけで温かい。お前もそうだろ。身分よりずっと大事なものを、俺たちはとっくに知ってるじゃねぇか」

どんなに否定しても、冬吾の言葉が、腕の力が、ぎゅう、とほたるを包んで離さない。

隙間なく寄り添った二人の間には、互いの温もりが溶け合っている。この温もりの前では、身分も立場も何の意味も成さない。そのことだけが真実なのだ、と、冬吾はほたるの心に生まれた見えない壁を、抱擁一つで突き崩していく。

「薬をくれよ。ほたる」

髪に埋まった冬吾の唇が、切ない声で呟きながらほたるの唇を探している。ほたるを羽交い締めにしている彼の左腕は、傷口から血が溢れ出して、包帯ごと赤く染まっていた。

「ああ――、こんなに、あかくなって……っ」

「見ろ。俺は傷付いているぞ。お前が逃げようとする限り、痛くてもこの腕を解けねぇ。早く薬をくれなきゃ、死んじまう」

「冬吾さま、いいのですか、冬吾さま。生まれのいやしい、捨て子だったおれは、冬吾さまのおくすりになれますか？」

「何を言ってる。お前は俺の一番の薬だよ」

優しい手がほたるの顎を捕らえ、後ろへと顔を向けさせる。冬吾の頬にはぶたれた痕が残り、唇の端も切れていた。

「いたいの、おなおしします……っ」

吸い寄せられるように、ほたるは自分の唇を、冬吾の唇に重ねた。接吻の柔らかさも、熱も、触れた途端にほたるの胸がふわふわするのも、何一つ変わらない。冬吾の身分を知る前と、まったく同じだった。

「恩に着るぞ、ほたる。もうどこも痛くねぇ」

そっと解いた唇を、冬吾がもう一度吸い上げる。ほたるの薬が効いた証拠に、彼の接吻はとても不埒《ふらち》で、そして甘かった。

（冬吾さまは、みぶんなんて、くだらないとおっしゃった）

甘い、甘い接吻が、ほたるの全てを覆い尽くしていく。冬吾の言葉を信じよう。ほたるは接吻を終わらせたくなくて、身分を忘れた。互いの唇に溺れる二人を咎《とが》める者は、誰もいなかった。

「思ったよりも、元気になって安心したよ、冬吾。最初に槇さんから撃たれたと報《しら》せを受けた時は、目の前が真っ暗になってしまった」

冬吾が入院をして一週間後、病室に紫乃と槇が訪ねてきた。包帯を巻いた冬吾の左腕を見て、ふう、と紫乃が溜息をついている。

「数発撃たれはしたが、当たったのは一発だ。俺は悪運が強いらしい」

「まったく……。二度とこんなことはよしてほしい。ほたる、お前も看病で疲れているだろう。私にできることがあったら、何でも言っておくれ」

「だいじょうぶです、紫乃せんせい。おれは冬吾さまのおせわができて、うれしいです」

ほたるはそう言って、紫乃が差し入れてくれた金柑《きんかん》の砂糖漬けに楊枝《ようじ》を刺した。

「冬吾さま、はい、どうぞ」

「ん。あぁん」

食べさせるのが当然だ、と言わんばかりに、冬吾は大きな口を開けた。本当の身分を明かした後も、彼の磊落で奔放な振る舞いは、以前と変わらない。違いのなさに、ほたるの方が逆に戸惑ってしまうくらいだ。

「え、えっと……」

「冬吾、右手は動くんだろう?」

「うるせぇな。怪我人はせいぜい優しくしてもらわねぇと。なあ？　ほたる」

「――もう。冬吾さまったら」

そっと冬吾の口元へ金柑を運ぶと、彼はとてもおいしそうに食べた。子供のように我儘《わがまま》で遠慮をしない彼を見て、紫乃は苦笑し、事件の顛末《てんまつ》の報告に来ていた槙は呆れた顔をした。

「鬼の高利貸しが形無しだな。お前を撃った犯人は、報復を恐れて留置場で震えているというのに」

「気の小せぇ野郎だ。銃を持つ度胸があるとも思えねぇ。どうせやくざにでもそそのかされて手に入れたものだろうが」

「お察しの通りだ、冬吾。――あの銃は迅正会《じんせいかい》から犯人に渡ったものだった。お前を殺せば借金を踏み倒せると、どうやら悪い企《たくら》みを吹き込まれたらしい」

迅正会は七軒町界隈《かいわい》で高利貸しをしている、冬吾のいわば商売敵だ。以前屋敷にもそこのやくざ者が乗り込んできて、冬吾に返り討ちをくらっている。

銃の出所が判明したことで、迅正会にも警察の捜査が入り、余罪も含めて連中のほとんどが逮捕された。たった一週間で解決した今回の銃撃事件は、迅正会の壊滅で幕を下ろしたという。

「署の捜査では、奴らが金貸しの拠点にしていた屋敷には、僅《わず》かな証文しか残っていなかったようだ。この界隈で商売は難しいと踏んで、腹いせのつもりで、お前を撃つようけしかけたのかもしれない」

「ふん。あのやくざどもは、よっぽど俺が目障りだったようだからな」

二個目の金柑を食べながら、ははは、と冬吾が笑い飛ばす。犯人も黒幕も逮捕されて、これでもう、冬吾が危害を加えられることはない。

（よかった。冬吾さまをきずつけた、わるい人たちが、つかまって）

ほたるはほっと息をついて、三個目の金柑に楊枝を刺した。

「それはお前が食え。紫乃の手製だ。うまいぞ」

「冬吾さまのおみまいにいただいたのに、いいのですか？　紫乃せんせい」

「どうぞお食べ。ほたるのおやつの分も考えて持ってきたから」

「ありがとうございます。いただきます」

砂糖をたくさん使って漬けた金柑は、口に入れるととても贅沢《ぜいたく》な味がする。ほたるは飲み込むのがもったいなくて、舌でころころそれを転がした。

「——失礼します。冬吾様、お加減はいかがですか？」

病室の戸を叩く音がして、寒そうに襟巻《えりまき》をした銀次が顔を覗かせた。ほたる一人で世話をするのは心配だと言って、毎日屋敷から、誰か一人は必ず見舞いに訪れる。冬吾が臥せっている間、銀次は手下の若い衆たちを束ねて、滞りなく仕事を続けていた。

「この通り、体を起こして話す程度には、何の問題もない」

「何よりです。お客様がいらっしゃる前で申し訳ないですが、帳簿に目を通してもらってもよろしいですか」

「ああ。そっちはどうだ。客足に変化はねぇか」

「はい。今日も三件ほど、取り立てをしてまいりました。昨日の分の帳簿と、清武の奴が、これをお渡ししろと」

そう言って、銀次は帳簿と、新聞紙にくるんだ白梅の枝を掲げて見せた。

「屋敷の庭の『白難波《しろなにわ》』です。昨日、花が開いたばかりで、一分咲きですが」

「香りが清《すが》しいな。紫乃、悪いがお前、これを持って俺の代わりに蓮光寺《れんこうじ》へ行ってくれるか」

「今日は塾もお休みだし、かまわないよ。さすがのお前もまだ歩けないようだね」

「外出は傷が塞がるまで禁止だとよ。やぶ医者め。墓参りくらいでがたがた言いやがって」

ほたるは、はっとして、今日の日付を思い起こした。今日は二月十八日。八のつく日だ。

（まえに、紫乃せんせいが言っていた。八のつく日に、冬吾さまは、おはかまいりに行くって）

銀次から紫乃へと手渡される白梅を、ほたるはそっと見上げた。清楚《せいそ》な花を手向けられるのは、いったい誰の墓で、冬吾にとってどんな人なのか、ほたるは知らない。冬吾に教えられていないからだ。

（冬吾さまは、おれには、はなしてくださらないのかなあ）

きゅ、とほたるは、着物の袂《たもと》に隠れた指先を握り締めた。あの白梅を見ていると、また焼きもちを焼いてしまいそうになる。

（おれが冬吾さまのごみぶんを知ったのは、ついこの間だ。——紫乃せんせいは、冬吾さまのお友だちだもの。おれが知らないことを、せんせいが知っていても、何もおかしくない）

きゅうきゅう、といっそう握り締めた手が、力を入れ過ぎて白くなっている。一度覚えてしまった焼きもちは、どうにもならないほど大きく膨らんで、ほたるを一人苦しめた。

「それじゃあ、私はこれで失礼しよう」

「蓮光寺ならここから近い。送って行きますよ、紫乃さん。俺も墓前に手を合わせておきたいし」

「槙さんもご一緒してくださるなら、ありがたいことです。冬吾、くれぐれもお大事に」

「ああ。——紫乃、ほたるも連れて行ってくれ」

「え？」

紫乃と一緒に、ほたるも瞳を丸くした。驚いて解けた両手に、ひといきに血が巡り始める。

「冬は花が少ねぇから、寺の境内は物寂しい。ほたるがいれば賑《にぎ》やかになって、あいつもきっと喜ぶ」

「……それはいい考えだ。ほたる、私とおいで」

すい、と着物の腕を取られて、ほたるは出入り口へと促された。突然の成り行きに、不安な顔で冬吾の方を振り返ると、彼は頷きながら微笑んでいる。

「道端の雪はまだ融けてないだろう。転ばねぇように、気を付けて歩けよ」

「は、はい……っ。行ってきます」

ぺこり、と頭を下げてから、ほたるは病室を後にした。

紫乃と並んで歩いていると、廊下に梅の香が満ちていく。その香りは病院を出て、午後の買い物時の賑わいを見せる、七軒町の街中でも続いた。

ほたるは歩道の汚れた雪を踏み締めながら、冬吾が『あいつ』と呼んだ人のことを考えていた。

（おはかにねむっている人は、冬吾さまのお友だちだろうか。紫乃せんせいや槇さんとも、お知りあいなんだろうか）

気になって二人を交互に見上げていると、ぽふ、と頭に何かを乗せられる。鍔《つば》で視界が急に狭くなって、それは槇の制帽だと気付いた。

「槇さん……」

「どうしたほたる。さっきから俺たちの顔ばかり見て」

「ご——ごめんなさい」

慌てて俯《うつむ》いたほたるの肩を、今度は紫乃が優しい手で抱いた。

「槇さん。私たちはほたるに、焼きもちを焼かれているんですよ」

「えっ、俺たちに？　何を妬《や》くことがあるんだ。さてはお前も紫乃さんを狙っているな？」

「また馬鹿をおっしゃって……。私の言ったことは間違っていないだろう？　ほたる」

隠そうとしても、紫乃は何でもお見通しだ。心の中を読まれたほたるは、観念して頷いた。

「……はい。どなたのおはかまいりに行くのか、おれだけ、知りません」

ああ、と槇は、今やっと気付いたように頓狂な声を出して、制帽の上からほたるの頭を撫でた。

「随分前に亡くなった、冬吾のいい人のお墓だよ」

「いい人って――？」

「槇さん、ほたると話す時は、言葉を慎重に選んでお使いなさい。この子は心も頭もまっさらだ。言葉でも何でも、聞いたそのままを受け止めてしまいますから」

「あ…っ、すみません。とんだ失態でした」

ぴし、と槇は姿勢を正すと、立番の時のような敬礼をしてから、ほたるの方を向いた。

「ほたる。これから行く蓮光寺には、冬吾が大切にしていた女性が眠っている」

「たいせつにしていた人。冬吾さまの、お友だちですか？　ごかぞくですか？」

「――家族だと、少なくとも冬吾は思っていたよ。いずれ結婚をしようと二人で約束をしていたからね」

「けっこん！　冬吾さまに、おくさまがいたのですか？」

「いや、その約束は周囲に邪魔をされて、結局叶えられなかった。彼女は冬吾が今の住居を構える前、奴の育った屋敷で働いていた、使用人だ」

え、とほたるは言葉を飲んだ。冬吾が墓参りを欠かさない相手が、ほたると同じ立場の使用人だとは、あまりに意外だった。

「その人は『八重《やえ》』という名でね、八を重ねると書く。冬吾が毎月、八のつく日に墓参りを欠かさないのは、その名にちなんだ約束事なんだ」

「八重さま……」

その名を口にすると、とくん、とほたるの胸の奥が鳴る。冬吾が結婚の約束をするほどだ、きっと素晴らしい人に違いない。紫乃のように美しい人だろうか。それとも、槇のように優しい人だろうか。

聞きたいことはたくさんあるのに、ほたるは口を噤《つぐ》んだまま、何も声にすることができなかった。今は静かに眠る人を、何も知らないほたるがあれこれ詮索《せんさく》するのは、いけないことのような気がする。

（ごびょうきだったのかな。たいせつな人をなくして、冬吾さまは、とても悲しかっただろうな……）

しゅん、と黙ったまま歩いていると、紫乃と槇は通りを左へと折れた。雪がたくさん残った狭い裏道は、ひっそりとしていて、陽もあたらずとても寒い。紫乃が抱いている白梅の花弁も、寒そうに風に揺れている。

「着いたよ、ほたる。蓮光寺だ」

裏道の突き当たりにある、戸口が一つの小さな門を、紫乃は手で示した。蓮の字はまだ習っていないせいで、ほたるには読めない。寺の境内に入ると、誰もいないそこはいっそう静かで、三人で奏でる足音さえも物悲しかった。

「……紫乃せんせい。何だか、しずかで、さびしいところですね」

大切な人を、何故冬吾は、こんな寂しい寺に眠らせているのだろう。きょろきょろと境内を見回していたほたるは、敷地の奥の方にある墓地を見付けた。

「八重さまのおはかは、あそこですか？」

「ああ。——と言っても、墓標はないんだ」

紫乃が言った通り、墓地の片隅に、八重の名を刻んだ墓はなかった。あったのは、ほたるの頭くらいの苔《こけ》むした石と、その隣に置かれた、拳《こぶし》くらいの小さな石、たった二つだけ。線香を立てる場所もなければ、花を挿せる筒もない。

（どうして？　ほんとうにここに、冬吾さまのたいせつな人がねむっているの？）

周りの立派な墓石や卒塔婆《そとば》を見渡しながら、ほたるが疑問を抱《いだ》いていると、紫乃は二つの石の前に白梅を供えた。その隣で槇が、ほたるの頭を撫でるように、小さな方の石のてっぺんを撫でている。

「ごぶさたしていたな、坊や。冬吾の馬鹿は怪我をしていて、会いにこられない。代わりと言っては何だが、今日は坊やに、新しい友達を連れてきたよ」

今、槇は何と言った。確か――坊やと、石を撫でながら、坊やと言った。

瞳を大きく見開いたほたるに、紫乃が合掌しながら囁く。

「ほたる。冷たいこの雪の下にいるのは、八重と、八重と冬吾の間に生まれた子供だ」

「え……っ！」

「子供の名はない。生まれたことさえ、その頃の冬吾は知らなかった」

「ど、どうして……っ？　冬吾さまは、とうさまなのに？」

「――ほたる。冬吾の家柄が、他より少し違うことは、知っているかい？」

「はい。この間、冬吾さまのおじ上さまが、会いにいらっしゃって、こうしゃくさまのいえがらだと知りました」

そうか、と吐息混じりに呟いて、紫乃は白い額に落ちた前髪を掻き上げた。

「藤邑侯爵家は、もともと関東に広大な領地を持っていた大名家だ。貴族院で権勢を誇る傍ら、今は投資家としても名を知られている」

「とうしか？」

「ほたるも浅草の路面電車を見たことがあるだろう？」

「はい」

「藤邑家は、あれを走らせている東都《とうと》鉄道という会社の大株主だ。東都鉄道は旧領地から関東一円に鉄道網を張り巡らせていてな。莫大な資産を持つその藤邑家で、冬吾は何不自由なく育ったんだ」

遠い記憶を辿るように、紫乃も槇も瞳を細くする。初めて明かされる冬吾の過去に、ほたるはごくりと息を飲み込んで耳を澄ました。

「冬吾の両親は早くに亡くなっていてね、冬吾は父方の伯父上、藤邑惣右介《そうすけ》侯爵のもとで暮らしていた。麻布《あざぶ》に建つ侯爵の邸宅で、冬吾は女中として雇われた八重と出会い、結ばれたんだよ」

「ところが、使用人の八重との仲を、冬吾は侯爵に引き裂かれた。八重が子供を身籠《みごも》ったと分かった時、冬吾はまだ帝大に籍を置く学生で、英国へ留学に渡った矢先だった。……冬吾がいないのをいいことに、侯爵は容赦なく八重を責め立てたんだ」

「むごい話だ。冬吾にそのことを一切告げず、八重に手切れ金さえ渡さず、無理矢理に屋敷から追い出すなんて」

「なぜ追い出したのですか？　冬吾さまと八重さまは、けっこんのやくそくをしていたんでしょう？」

「身分違いと言えばそれまでだ。使用人を妻にすることを、侯爵はおろか、藤邑の親族の誰も許さなかった」

「そんな……っ。冬吾さまは、みぶんなんていみのないものだと、おれにおしえてくださったのに」

「冬吾はそれでよくても、古い家柄の人々は、そう簡単に考え方を変えられない。私たちは八重が屋敷を追われたことを知って、すぐに英国へ手紙を出した。冬吾は学業を中断して帰国したけれど、でも、もう全てが遅かった――」

無念でしかない、と、紫乃はいつになく苦い声でそう言った。

屋敷を追われ、身重の体で行方不明になっていた八重を、冬吾は紫乃と槙とともに、方々手を尽くして探したらしい。そしてこの浅草七軒町のとある長屋にいることを突き止め、急いで八重のもとへ駆け付けたのだという。

「冬吾がやっとの思いで探し出した時、八重は貧しさから、ひどい肺病に罹《かか》って既に虫の息だった。その時、冬吾は知ってしまったんだ。八重と自分の間に子供が、男の子が生まれたこと。そしてその子は、八重の腕に抱かれて、とうに死んでしまっていたことを」

「ひっ……」

ほたるは冬吾が見たであろう光景を思い浮かべて、短い悲鳴を上げながら、両手で顔を覆った。大切な人が、冷たくなった子の骸《むくろ》を抱いて、自らも死に瀕している。なんて恐ろしい、なんてむごい。そんな地獄のような出来事が、この世で起きていいはずがない。

ほたるは体じゅうを震わせながら、胸に溢れてくる怒りと悲しみを、どうすることもできなかった。

「二人が再会してすぐ、八重は力尽きたように息を引き取った。八重には、冬吾に子供の名を告げる体力も、何かに書き残しておく手段もなかった。彼女は、読み書きができなかったから」

ひくっ、と喉《のど》を喘《あえ》がせて、ほたるは耐え切れなかった涙を零した。

読み書きができない使用人。八重はほたると同じだ。ほたるに学がないことを、冬吾が気にかけてくれたのは、理不尽な扱いを受けていた境遇がきっと八重と似ていたからだろう。

(だから、冬吾さまはおれを、紫乃せんせいのじゅくへかよわせてくださったんだ。はじめから、売られたおれにやさしくしてくださったのも、使用人のおれが、八重さまと同じに見えたからだ)

堰《せき》を切ったように、ほたるの両目から涙が零れ落ちる。冬吾も八重も、坊やも、かわいそうだ。誰も救われない。救えない。ただつらく悲しい思いだけがつのって、ほたるは涙で視界を見えなくさせた。

「冬吾さま……っ、とうご、さま、うわあああん」

声を上げて泣くほたるを、槇が制服の胸に抱き寄せる。彼の腰元でかちゃりと鳴ったサーベルも、無念だと言っているようだった。

「ほたる。俺は八重と坊やの、骨と皮だけになったあの姿を忘れられない。巡査になって今まで目にした、どんな遺体よりも残酷な姿だった」

「うえっ、えっ。……冬吾さまが…っ、やせほそった、おんなこどもがおきらいだって、ひくっ、おれも、知っています……っ」

「ああ。痩《や》せていたほたるのことが、冬吾はどうしても八重と坊やに重なって見えて、胸苦しいのだと言っていたよ」

「二人を失ってから、冬吾は侯爵に背を向けて、藤邑の家を捨てた。家の者に知られないように、もう二度と八重と坊やが苦しまないように、こうして墓標のない墓を造って、静かに弔うことに決めたんだ」

「……埋葬の時、冬吾は私と槇さんにだけ、立ち会うことを許してくれてね。いつまでも、いつまでも、土をかぶせるその瞬間まで、冬吾は二人の体を撫でていた。すまない、許してくれ、と、涙声で繰り返しながら」

「ふっ、ううっ、ひっく、うえっ、う……っ」

今ほたるが流すどれほどの涙も、冬吾の涙の何分の一にも値しない。

きっと冬吾はその時、一生分の涙を流したはずだ。一生分の痛みと傷を負って、亡くした二人の魂に会いに、ここへ墓参りにやってくる。毎月、八のつく日に、花を供えて手を合わせるのだ。

「あれ以来、私たちは冬吾の涙を見ていない。品のいい帝大生だった冬吾が、高利貸しを始

めて非道なことをするようになったのは、八重の一周忌が過ぎた後からだ」

「奴は自分のことを、人殺しの鬼だと思っている。人の恨みを買って生きる高利貸しが、鬼の自分にふさわしい生業《なりわい》だと、今も頑《かたく》なに思っているんだ」

「冬吾さまは、鬼なんかじゃありません――!」

ほたるはしゃくり上げながら、墓地に震える声を響かせた。身分のせいで大切な人を亡くした冬吾。ずっと自分のそばにいろと言った冬吾の声が、ほたるの耳に蘇《よみがえ》ってくる。

(冬吾さまは、一人になってしまったんだ。ずっと、一人で、さむい思いをしてらっしゃったんだ)

抱き締め合い、接吻を交わすと温かいことを教えてくれた人は、ほたるよりもその温もりに飢えていた人だった。

「冬吾、さま……とうごさま」

誰かのために、ほたるがこんなにも泣いたのは初めてだった。泣いて何かが救われるほど、冬吾が負った傷は浅くはない。それでも、ほたるは彼のために、涙を流すことを止められなかった。

「おれも、八重さまとぼうやに、手を合わせても、いいですか。冬吾さまの分も……、おいのり、します」

「ああ。ほたるも弔ってあげておくれ」

「――はい」

ほたるは着物の袖で荒っぽく頬を拭って、雪の上に膝をついた。両手を合わせて祈るのは、八重と坊やの安らかな眠りだけ。冬吾が望むように、彼岸の向こうに逝っても、もう二人が苦しまないといい。

(冬吾さまの、たからものだった人たち。今はお空の上で、わらってらっしゃるといいな)

一心に祈っていると、まるで天からの返事のように、ほたるの頭上へ粉雪が降ってきた。石の墓前の白梅に舞い落ちる、花弁よりも淡い雪。冬吾も病室の窓から同じ雪を見ているのかと思ったら、ほたるはたまらなく彼に会いたくなってきた。

「おれ、びょういんへもどります。紫乃せんせい、槇さん、おれに、冬吾さまのたいせつな人たちのことをおしえてくださって、ありがとう」

まだ涙の残る瞳を擦って、ほたるは頭の上にかぶったままだった巡査の制帽を、槇へと返した。

「ほたる。一人で病院へ帰れるかい?」

「はい」

「雪が降ってきたぞ。派出所で傘を貸してやろうか」

「へいきですっ。それじゃあ」

ほたるは紫乃と槇に、そして墓前にも礼をしてから、寺の境内を駆け出した。小さな門を抜けると、三人分の足跡しかついていない裏道が、大きな通りへと向かって延びている。

ほたるは今日覚えたばかりの道順を辿りながら、一人で病院へと戻った。寺から十数分の間、休まずに駆けてきたせいで、着いた時には、はあはあと息が切れていた。病院の玄関を通る時間ももどかしくて、雪の庭を突っ切ってから、冬吾の病室を目指す。

「冬吾さま――」

同じ形の硝子《ガラス》窓が並ぶ、入院患者たちの病棟。雪雲で薄暗くなった庭先に、ぽつり、ぽつり、と、室内の暖かな明かりが漏れている。その中の一つに映った、冬吾の影をほたるは見付けた。

「冬吾さまっ、冬吾さまっ」

勇んで窓枠を叩いたほたるを、硝子越しの冬吾がびっくりした顔で見ている。彼は読みかけの文庫をベッドに放り投げると、片手で鍵を回して、すぐに窓を開けてくれた。

「驚かせるな。どうした、お前。こんなところから姿を現しやがって」

「はっ、はぁっ…っ。はやく、冬吾さまのお顔を、見たかったから」

「ったく。また髪が真っ白じゃねぇか。お前はよっぽど雪が好きなんだな」

ち、と舌打ちをする無頼さも、右腕だけでほたるを持ち上げて、病室の中に入れてくれる力強さも、冬吾の全てがかけがえなく、尊く思える。

「寺は寒かったろう。俺の代わりに、手を合わせてきてくれたか」

「はい。たくさん、おいのりをしてきました」

「そうか。次の墓参りは、こんなしんきくせぇ病室を出て、俺もお前と一緒に行ける」

「はい。こんどは冬吾さまと、お花をそなえたいです」

「その頃には、沈丁花《じんちょうげ》か水仙か、屋敷の庭にちょうどいいのが咲いてるはずだ。――ほたる。目が兎《うさぎ》になってるぞ。紫乃と槇が、つまらねぇ鬼の昔話でもしたんだろう」

ぐい、と冬吾は、ほたるの赤い目尻を指で拭った。涙の痕がついていたそこに、新しい涙が伝うのを、ほたるは必死でこらえた。

今ほたるの目の前にいる冬吾は、過去に負った傷を微塵《みじん》も見せない。一生分の涙を流して、自分を鬼と呼ぶようになった人。きっと誰よりも痛みと苦しみを知っている冬吾のことが、切なくて、悲しくて、放ってはおけない。

「聞いてください。冬吾さま」

おかしいだろうか。間違っているだろうか。自分よりもずっと立派で、ずっと強い冬吾を、この手で守りたいと思うなんて。傷を負ったまま凍《い》てついた冬吾の心を、温めたいと思うなんて。

「この先ずっと、八のつく日に、冬吾さまにおくすりが入用《いりよう》なら、どうぞさし上げます」

ほたるは瞼を閉じて、ふ、と顔を上向かせた。冬吾を温める薬を、ほたるは接吻しか知らない。少しだけ唇を尖らせて、それを冬吾に差し出す。

「馬鹿野郎。接吻であっためてほしいのは、雪に降られたお前の方だろう？」

「いいえ。本当にこごえているのは、おれじゃありません。冬吾さまの方です」

「生意気な——。一度や二度の接吻じゃ、俺は満足しねぇぞ」

凄《すご》んだ声も、胸元を摑んで引き寄せる手も、何一つ怖くない。荒々しく唇を奪っていく冬吾を、ほたるは精一杯広げた腕で包み込む。

ほたるを貪《むさぼ》っていた激しい唇が、足りねぇ、とせがむように接吻を深くした。ほたるは小さな歯列を解いて、冬吾の熱くうねる舌へと、自分の方から舌を絡ませていった。

七

病院を出た車が、春の近さを思わせる晴天の下を、屋敷へと向かって走っていく。ほたるは病室を引き払った荷物を詰めた、大きな風呂敷包みを膝に載せて、羽織姿の冬吾を見上げた。

「やっとおやしきに帰れますね。冬吾さま」

「おう。退屈な病院暮らしともおさらばだ。やぶ医者め、ざまぁみやがれ」

世話になった医者に遠慮のない悪態をついている冬吾を、ほたるはくすくす笑った。

銃撃から二週間が経って、傷口が塞がった冬吾は、めでたく退院した。しばらく消毒と服薬は欠かせないが、狭い病室から出ることができて喜んでいる。ご満悦の冬吾の表情を見ているだけで、ほたるの顔も綻《ほころ》んだ。

「帰ったらとりあえず酒だ。熱燗《あつかん》とうまい肴《さかな》。そして炊き立ての飯」

「はい。きっと清武さんが、冬吾さまのこうぶつをたくさん作って、待っていますよ」

「よし、今日は宴会をするぞ。座敷に家の連中を全員集めて、朝まで無礼講だ」

「やったあ。朝までごちそう!」

「馬ァ鹿。子供は日付が替わる前に寝ろ。俺の膝枕を貸してやるから」

ぐりぐりとほたるの頭を撫でて、冬吾が楽しそうに笑う。髪を乱す彼のその手は、左手だ。指の先まで自由に動かせるようになったことが、ほたるは泣きたいくらい嬉しかった。

病院を出てから二十分ほどで、通りの先に冬吾の屋敷の門が見えてくる。門衛が冬吾の車に気付いて頭を下げた。

「お帰りなさいませ」

「ああ。だいぶ留守をしたな。お前たちに変わりはなかったか？」

「はい。冬吾様のお体がよくなられて、みんな安心しております」

座席側の扉を開けてくれた門衛に、冬吾は笑んだまま頷きを返した。ほたるは風呂敷包みを抱えて、たたん、と軽快に車を降りた。

「お帰りなさいまし！　みんな、冬吾様のご帰還だよ！」

「冬吾様！　首を長くしてお待ちしておりました」

冬吾の帰りを今か今かと待っていた女中たちが、一斉に玄関先へ出てくる。かしましい彼女たちに続いて、銀次と手下たちも出迎えに現れた。

「冬吾様、お帰りなさい。胴上げでもいたしますか？」

「よせ馬鹿野郎、恥ずかしいだろうが。宴会の支度はできてんのか」

「ええ、清武がそりゃもう腕を振るっていますから。ですが、お目を通していただきたい書状が溜《た》まっています。宴会はぜひ、その後で」

「ちっ。戻ったばっかりの俺に容赦がねぇなあ。ほたる、書斎に珈琲を持ってきてくれ。先に仕事をしろとよ」

「はい」

ほたるは風呂敷包みの荷物を女中たちに預けて、台所へと急いだ。

「ただいま、清武さん。うわあ、すごいごちそう…っ」

台所の配膳台《はいぜんだい》に、尾頭つきの大きな鯛《たい》の塩焼きが鎮座している。襷《たすき》掛けをして忙しそうに立ち働いていた清武が、菜箸《さいばし》を片手に振り返った。

「お帰り。ここにまで女中たちの声が聞こえてきたよ。みんな冬吾様の出迎えに行って、台所は空っぽだ」

「ほんとうだあ。…あ、清武さん。冬吾さまが、珈琲をたのむって」

「ああ、ちょうど新しい豆が届いたんだ。湯も沸いているから、淹れて差し上げて」

冬吾が入院している間、ほたるも珈琲を淹れる機会がなかった。二週間ぶりに豆の香りを嗅《か》ぎながら、ゆっくりと湯を注ぎ入れる。

盆に珈琲と茶菓子を並べて書斎へ行くと、冬吾はたくさんの書状や書類を読んでいる最中だった。冬吾宛《あ》ての郵便物も山のようになっていて、宴会は当分始められそうにない。

「冬吾さま、珈琲をおもちしました」

「悪いな。適当なところに置いておいてくれ」

「はい」

冬吾は書状を読みながら、決済と未決済の文箱《ふばこ》にそれを選《よ》り分けていた。机に向かって仕事に励んでいる背中を見ていると、あらためて嬉しくなる。冬吾が屋敷に帰ってきてくれて、本当によかった。ほたるがしみじみそう思っていると、冬吾は封筒を一つ手に取った。

厚みのあったその封筒には、別珍の立派な台紙がついた写真が入っていた。台紙の表には、家紋のようなものが縫い込まれている。

「何だこれは」

冬吾はその写真を見たまま、少しの間、動かなかった。瞬きも呼吸も忘れてしまったかのように、ただじっと手元に視線を注いでいる。

「……はあ……」

すると、冬吾は椅子の肘《ひじ》掛けに片肘を預けて、深く深く溜息をついた。写真を見つめたままの彼の瞳は、それよりもっと遠いどこかに向けられているように、ぼんやりと細められていた。

(冬吾さま、どうなさったんだろう。冬吾さまのこんなお顔は、はじめて見る)

ほたるは気になって、こっそりと写真を覗き込んだ。そこには、美しい洋装の晴れ着を着た令嬢が一人、写っている。長くてまっすぐな黒髪に、触れたら柔らかそうな白い頬、はにかむように微笑む顔は清楚そのものだ。女に疎いほたるの目から見ても、相当の美人だった。

「このきれいなおじょうさまは、どなたですか?」

「伯父が俺に嫁がせようとしている女だ」

「え……っ?」

どくん、とほたるの胸から重たい音がした。冬吾の病室で会った、あの恐ろしい侯爵のことを思い出して、自然と足が竦《すく》んでくる。

「こんなものを送りつけてくるとは。あの糞爺。俺に見合いなんぞ、くだらねぇことを企みやがって」

「みあいって――」

男女の見合いが、結婚を前提にしているものだということは、ほたるも知っていた。あの侯爵がお膳立てをするような相手だ。きっと写真の中の令嬢は、立派な身分の御方に違いない。

(冬吾さまは、このおじょうさまと、けっこんをなさるんだろうか)

反目し合っている冬吾と侯爵の間に、ほたるが何も口を挟めないことは分かっている。しかし、一度鳴り始めたほたるの胸の鼓動は、だんだんとその重みを増していた。写真の中の美しい令嬢に、冬吾を横取りされてしまうような、そんなじりじりした気持ちがする。

(おれ…っ、へんなことをかんがえてる。冬吾さまは、おれのものじゃないのに)

それは、冬吾と仲のいい紫乃や槇に抱くような、小さな焼きもちとは違っていた。

いつからこんな、僭越《せんえつ》な思いを抱くようになったのだろう。冬吾が身分の差などないと言ってくれたから、そばにいてほしいと望んでくれたから、ほたるは欲張りになってしまったのだ。

（冬吾さまは、だんなさまだ。おれ一人のもののように思うなんて、まちがってる）

ほたるは両手でぎゅっと着物を握って、見合い写真から目を逸《そ》らした。自分の中の嫌な気持ちも、見ないふりをした。

「ほたる。この写真を、燃やして捨ててくれ」

「……え……？　冬吾さま、捨ててしまって、いいのですか？」

「俺には必要のないものだ。――俺に妻はいらない。あの糞爺や、藤邑の家に振り回されるのはまっぴらだ」

きっぱりとそう言って、冬吾は写真を閉じた。

臙脂《えんじ》色の別珍の台紙に隠されて、令嬢の顔が見えなくなる。しかし、その写真を送ってきた侯爵の顔がちらついて、ほたるは冬吾のようには、決然とできなかった。

――侯爵家と言っても、男妾の愚劣な頭では分からぬだろう。地べたに這いずっておれ。

侯爵に冷たく言い放たれた言葉が蘇ってきて、ほたるは冷たい汗をかいた。あの時のことはもう忘れたいのに、忘れられない。

「ほら、ほたる。とっととこいつを、焼却炉にでも放り込んでこい。封筒も一緒にな」

「は、はい」

冬吾から預かった写真は、ほたるにはとても重たく感じた。景気づけのように珈琲を一口飲んでから、冬吾はまた机に向かう。

「用事のついでに、銀次をここへ呼んできてくれ。俺ばかり仕事をさせられるのは癪《しゃく》だ。あいつにも手伝わせてやる」

「――はい、冬吾さま」

ほたるは冬吾の後ろ姿を見つめながら、焼いて捨てろと命じられた写真と封筒を胸に抱いた。美しく清楚な、冬吾の見合いの相手。ほたるは令嬢のことが気にかかって、その場に立ち竦んだまま、しばらく書斎から出られなかった。


紫乃の庵《いおり》の庭で、焚《た》き火にくべられた落ち葉が、ぱちっ、と橙《だいだい》色《いろ》の火の粉を弾《はじ》いている。無償で塾を開いている紫乃へのお礼に、仲間たちと教室の掃除や片付けをするのが、ほたるの日課だ。今日は庭の落ち葉と、みんなで持ち寄った木屑《きくず》や紙屑を焼いて、おやつに焼き芋《いも》を作ることになった。

「これもう焼けたよ！　あつっ、あちっ」

「こっちはまだかな。火傷《やけど》をしないように気を付けて」

焚き火の周りに、さつま芋のふんわり甘い匂いが漂ってきて、仲間たちはきゃあきゃあ騒いでいる。ほたるは庭に面した縁側に腰掛けて、膝の上に載せた封筒を見下ろしながら、溜息をついた。

（どうしよう、これ。冬吾さまはもやせとおっしゃったけど、ほんとうにいいのかなあ）

冬吾に託された封筒の中には、綺麗な令嬢の見合い写真が入っている。ほたるが屋敷の焼却炉に持って行っては、やっぱり躊躇《ためら》って、燃やせないままもう一週間が過ぎてしまった。

「どうしたんだい、ほたる。早く食べないと、焼き芋がなくなってしまうよ？」

「紫乃せんせい……」

仲間たちと焚き火にあたっていた紫乃が、おいでおいで、と手招いている。ほたるが封筒を小脇に挟んで駆け寄ると、紫乃は焼けたばかりの芋を半分に割った。

「大きい方をお食べ。はい」

「いただきます」

黄金色のほこほこした焼き芋は、ほたるの好物のはずなのに、あまり味がしない。二口三口食べたところで、ぼんやりとしたままでいると、紫乃が焚き火を眺めながら言った。

「ここ何日か、ほたるは元気がないね」

「そっ、そうかなあ」

「今日は習字も算盤《そろばん》の練習も進まなかったようだし、何か心配事でもあるのかい？」

「あの……、えっと……」

ほたるが何も答えられない間に、ぱちっ、とまた、落ち葉の火花が弾ける。今なら写真を封筒ごと燃やすことができるのに、ほたるはどうしてもそうする気になれなかった。

「ひょっとして、元気がないのはその封筒のせいかな」

紫乃に図星を指されて、どきりとする。隠し事のできないほたるを、紫乃は小さく笑った。

「封筒の裏に、冬吾の大嫌いな伯父上の名がある。焚き火にくべるつもりで持ってきたんだろう？」

「——はい。冬吾さまが、もやして捨てろと、おっしゃったんです。中にはみあいのしゃしんが入っていて……」

「見合い？　それはまた、聞き捨てならない話だね」

「冬吾さまが、しゃしんをじっと見てらっしゃって、それが何となく、きになって」

最初に写真を見た時、冬吾の様子は少しおかしかった。ぼうっとしていたような、溜息をついて何か考え込んでいたような、ほたるが初めて見る顔をしていた。

「どちらのご令嬢なんだろう。私に見せてごらん」

「でも…っ、そんなことをしたら、おれがしかられます」

「捨てろと言ったものを少しくらい覗き見しても、冬吾は叱らないよ。これはほたると私だけの秘密だ」

紫乃の微笑みに背中を押されて、ほたるはそろそろと封筒の中身を取り出した。すると、別珍の台紙に縫い込まれた家紋を見て、紫乃はすぐに見当をつけた。

「丸に花菱《はなびし》——鈴置《すずおき》家か。当主の鈴置子爵は、政府の要職に就いている名門だ」

「やっぱり、ごりっぱなみぶんの、おじょうさまなのですか」

「藤邑の家柄と吊《つ》り合うような相手を、伯父上が見繕ったんだろう。華族どうしの見合いはけして珍しい話じゃない。どれどれ、花のかんばせを拝んでみよう」

長い指を伸ばして、紫乃はゆっくりと台紙を開いた。

「え…?」

紫乃は一言呟くと、写真を見つめたまま瞬きを繰り返した。美しく清楚な令嬢の姿に、きっと紫乃も驚いたに違いない。

「きれいなおじょうさまでしょう。せんせい」

「……そうだね。とても美しい。だけれど、これは……っ」

紫乃は手で口元を押さえ、かたかたと震え始めた。とても恐ろしいものを見たように、みるみる顔が真っ青になっていく。

「せんせい？　ど、どうなさったの？」

慌てるほたるの隣で、紫乃は、小さく首を振った。

「ほたる。このご令嬢は、八重に生き写しだ」

「いきうつし？　このまえせんせいが話してくださった、八重さまに？」

「ああ。八重にそっくりだ。長い黒髪も、優しげな目元も……、はにかんだような、この微笑みも」

どくん、と胸を鳴らして、ほたるは瞳を見開いた。

八重——七軒町の片隅の静かな寺で、坊やと一緒に眠る、冬吾の大切な人。冬吾が墓参りを欠かさない人と、写真の令嬢が生き写しとは、いったいどういうことだろう。

「偶然でこんなことが起こるはずがない。伯父上はわざと、このご令嬢を見合い相手に選んだんだ」

「な、なぜですか…っ？」

「八重そっくりの妻を宛《あて》がえば、冬吾がおとなしく藤邑の家に戻ると考えているんだろう。伯父上は高利貸しの仕事を蛇蝎《だかつ》のごとく嫌っている。冬吾を婚姻で縛って、自分の言いなりにするつもりなんだ」

浅はかな、と、紫乃は厳しい口調で言い捨てた。

ほたるは何も分からないまま、不安にかられて写真を閉じた。それを封筒にしまい込んで、封印をするように、ぎゅうっ、と胸に抱き締める。

「冬吾さまは、みあいはしないと、おっしゃいました」

「そうだろうとも。伯父上の心ないやり方に、冬吾は相当腹を立てているはずだ。ほたる、写真を早く燃やしてしまおう。冬吾もそれを望んでいる」

「ほんとうに、そうでしょうか、せんせい——」

憤る紫乃に、ほたるは素直に賛同できなかった。

喉の奥に、魚の小骨のように刺さったわだかまりがある。令嬢の写真を見た時の冬吾の顔が、ほたるの頭から離れない。

（あの時、冬吾さまは、はらを立ててはいなかった。しゃしんにこころをうばわれたように、ぼうっと見つめてらっしゃったんだ）

封筒を抱き締めたままのほたるのそばで、焚き火がごうごうと唸り、写真を燃やしてしまえと催促している。写真ごと不安を消してしまいたいのに、それは冬吾の本当の望みとは違うように思えて、ほたるは彼の命令に従うことができなかった。

「紫乃せんせい。これをもやすことは、おれにはできません。八重さまと同じお顔のしゃしんなら、なおさら」

「ほたる——」

「どうかおねがいします。せんせいのところで、これをあずかってください。もやしたことにして、取っておいてください」

おねがいします、と頭を下げるほたるに、紫乃は納得のいかない顔で溜息をついた。

「ほたる。お前の顔を見れば、心穏やかでないことはすぐに分かるよ。私に預けてもいいのかい？」

「はい」

「……しょうのない子だ。じゃあ戸棚の中にでも隠しておこう。燃やしたくなったら、いつでも言っておくれ」

「はい。せんせい、ありがとう」

ほたるはふんぎりをつけるように、大きく息をして、紫乃に封筒を渡した。紫乃に甘えて肩の荷を下ろしたつもりでも、ほたるの中の不安は少しも消えてはくれなかった。

八

「ごめんください。草だんごを一つつみと、みそだんごを二つつみ、みたらしを三本ください」

「おう、藤邑さんとこの坊主か。毎度どうもー」

ねじり鉢巻きのいなせな大将が、炭の上で炙《あぶ》っていた団子を、くるりと器用にひっくり返す。ほたるは女中から預かった財布を片手に、いつもの通り計算をした。

「一つつみに、一銭のだんごが六本入っているから、一かける六かける三つつみで、十八銭。五厘《りん》のみたらしが三本で、五かける三の一銭五厘。あわせて、えっと……」

二十銭五厘、とほたるが呟くと、大将は団子を竹の皮に包みながら、ははっ、と笑った。

「惜しいな、坊主。合わせて十九銭五厘だ」

「あっ、そうか。さいごの足しざんを、まちがえちゃった」

「でも九九ができるようになったじゃないか。たいしたもんだ」

大将はそう言うと、きな粉をたっぷりつけた安倍川餅《あべかわもち》をおまけしてくれた。

「ありがとう。また買いにきます」

お使いでも塾の手習いでも、この頃ほたるはよく、小さな間違いや勘違いをしてしまう。

失敗をするたびに周りの人に窘《たしな》められているが、あまり直る気配がない。ほたるの頭の中は、冬吾の見合いの写真のことでいっぱいで、何も手に着かない状態のままだった。

（紫乃せんせいにしゃしんをあずかってもらってから、もう三日もたつのに。まちがいばかりしていたら、冬吾さまにしかられてしまう）

せめて買い物くらいまともにしようと、ほたるは自分を叱りながら、団子屋を後にした。

今日のほたるは、なかなか忙しい。午前中は塾で学び、昼からは紫乃や仲間たちと、近くの神社の縁日を散策に出かけた。そして女中たちに、屋敷に帰る道すがら買い物をしてきてと頼まれたのである。

「たわしと、せっけんと、だんごと、ぬいものの糸と、切手」

七軒町の通りをぐるぐると廻って、ほたるが屋敷へと帰り着いたのは、もう午後の三時を回る頃だった。いつもなら門の前に門衛が立っているだけなのに、客がきているのか、見慣れない車が沿道に停まっている。

（大きな車。よくみがかれて、おれの顔がうつりそうだ）

冬吾に金を借りにきたにしては、随分裕福そうなその車を横目に、ほたるは勝手口へと急いだ。何とかお茶の時間に間に合った。まだ団子が温かいうちに、女中のみんなに食べてもらいたい。

（冬吾さまは、みたらしがおこのみだったっけ）

自分はおまけの安倍川餅を分けてもらおう。小腹をすかせてほたるが台所へ行くと、女中たちがばたばたと働いていた。まだ晩酌《ばんしゃく》の支度には早い時間帯なのに、清武も鍋の前で熱《あつ》燗《かん》をつけている。

「ただいま。どうしたの、みんないそがしそう」

「ほたるっ、いいところへ帰ってきたね！　手伝いをしておくれ」

「う、うん。あの、おだんごは……」

「お茶の時間は後だよっ。急なお客様がいらして、みんな上へ下への大騒ぎなんだ」

「聞いておくれよ、ほたる。今お座敷で、冬吾様が見合いをしてらっしゃるんだ」

「え…っ⁉」

ほたるの目の前が、驚きでくらりと揺れた。いったいこれは、どういうことだろう。冬吾は見合いはしないと言っていたのに。

「ほんとうに？　ほんとうに冬吾さまが、みあいをしているの？」

「びっくりしただろう？　まったくもう、冬吾様ったら、前もって言ってくださったら、私らだって心の準備ができたのにねえ」

「どうやら冬吾様は、この縁談をお断りしていたらしいんだよ。だけれど、業を煮やした先方が、ここへ乗り込んできたって訳さ」

「お相手は、それはそれはお美しい子爵家のお嬢様だよ。そんな御方に乗り込んでこられちゃ、冬吾様も邪険にはできないよねえ」

「お前たち、無駄口を叩いていないで、手を動かしておくれ」

おしゃべりの止まらない女中たちに、清武が活を入れる。賑やかな台所の中で、ほたるだけが黙り込んで、土間に立ち尽くしていた。

(冬吾さまが、あのしゃしんのおじょうさまと、会ってらっしゃる)

ほたるは買い物籠《かご》を取り落として、慌ててそれを拾い上げた。指の先がとても冷たくなっていて、擦っても温まらない。

(八重さまに、いきうつしのおじょうさま――)

令嬢の顔を思い出すと、胸の奥にまた嫌な気持ちが生まれてきそうで、ほたるはきつく唇を噛んだ。女中のみんなは、冬吾の見合いをめでたいことだと喜んでいる。それがきっと、使用人としての正しい気持ちなのだ。

(でもおれは、みんなみたいに、よろこべない。また冬吾さまのことを、自分のものみたいに、思ってる)

こんな我が儘な気持ちは、早く消してしまわなければいけない。見合いの相手に焼きもちを焼いても、ほたるに何ができるだろう。

暗い顔をして立ち尽くしているほたるのそばを、酒器の膳を持った清武が通りかかった。

「ほたる、ぼうっとしていないで、お前も一緒に膳を運んでおくれ」

「あっ、は……っ、はい」

「座敷では粗相のないように。冬吾様やお相手の方に、みだりに声をかけてはいけないよ」

「――はい」

ほたるは元気のない返事をして、買い物籠を邪魔にならないところに置いた。水場で手を清めると、指先がますます冷たくなる。酒の肴の小皿しか載っていないのに、ほたるに渡された膳は重たかった。

清武と台所を出て、女中たちと擦れ違いながら座敷へと向かう。見合いの最中の冬吾のことは、視界に入れないようにしよう。ずっと頭を下げて、床ばかり見てやり過ごせばいい。そうすれば焼きもちも焼かなくていい。

しかし、座敷で酒の膳を待っていた人物が、ほたるにそれを許さなかった。冬吾の見合いを企てた藤邑侯爵が、まるでこの屋敷の主人であるかのように、我が物顔で煙管《キセル》を吹かしていたからだ。

「何だ、小僧。お前はまだ冬吾に纏《まと》わりついておったのか」

「……あ…っ」

「ほたる、頭をお下げ。こちらの藤邑侯爵様は、見合い相手の鈴置永子《えいこ》様の後見人として、今日はわざわざお出ましくださったんだ」

小声でほたるにそう言って、清武は畳に深く頭をつけた。

「――御前《ごぜん》。このたびの冬吾様のご縁談、まことにめでたく、お喜び申し上げます」

「清武か。先《せん》に文《ふみ》は交わしたが、顔を見るのは久しいの」

「はっ」

「お前が冬吾とともに我が屋敷を出て、はや数年。板場の腕は衰えておらぬか」

「不肖ながら、日々精進いたしております」

「ふん。そつのないところは変わらぬようだ。……酒を。そこの者に酌をさせよう」

じろりと、侯爵の瞳がほたるを捕らえる。ほたるは虎に狙いを定められた兎のように、背筋を凍らせた。

「ほたる、御前のおそばに」

「……は、い」

震えてしまわないように、必死に恐れに耐えながら、ほたるは侯爵の座る上座へと進んだ。

「しつれいいたします。お、お酒を、おつぎいたします」

ほたるが燗をつけた銚子《ちょうし》を手にしても、侯爵は杯を取ろうとしない。仕方なく、膳に置いたままのそれに酒を注いでも、一口も飲んではもらえなかった。

自分が酌を命じておいて、下々の者が注いだ酒は、飲めないということだろうか。ほたるは恐れと悲しい気持ちで、涙ぐみそうになった。心細くてたまらなかった。

(冬吾さま。どこにいらっしゃるの？)

冬吾がこの場にいれば、きっとほたるの盾になってくれる。病室で侯爵に蔑まれた時のように、ほたるを大きな背中に庇って、守ってくれる。

冬吾を探して、無意識に座敷の中を見渡してしまったほたるを、侯爵は冷ややかに笑った。

「冬吾はおらぬぞ」

ふう、と、侯爵が手にした煙管の先から、濃い煙が漂ってくる。灰色のそれはまるで生き物のように、不安に駆られたほたるの顔に纏いついた。

「自慢の梅が見頃だと、鈴置の姫君を自ら誘って、庭へ出て行きおったわ」

「おにわ、へ？」

「清武。そこの障子を開けてやれ」

「……はっ」

清武は一礼すると、庭に面した障子戸を少し開けた。

縁側の廊下の向こう、午後の明るい陽射しが残る庭先に、冬吾と令嬢が立っている。静かな池の水面《みなも》に映り込む、満開の白梅を眺めている二人。初めて目にした洋装の冬吾に、ほたるは瞬きをすることも忘れた。

（いこくの王子さまと……おひめさまのよう）

役者のように髪を整え、長身に漆黒の礼服を纏った冬吾と、彼の隣に寄り添うように立つ令嬢。あの布をたっぷりと使った、舶来の人形のようにかわいらしい服は、なんという名だ

ったろう。文字を覚えた後で読んだ本に、確か書かれていた気がする。思い出そうとしても、ほたるの頭は、だんだん働かなくなっていった。

（冬吾さまが、とても、おやさしい顔をしていらっしゃる）

妻などいらないと言い切った冬吾と、今ほたるが見ている冬吾は、まるで別人だった。

風のいたずらで、黒髪に梅の花弁をつけた令嬢へと、冬吾が柔らかな微笑みを向けている。

そっと花弁を取ってやる、彼の指先の優しい仕草。紳士的な冬吾を見上げる令嬢の横顔が、うっとりとした表情へ変わっていく。

（どうして）

ずきりと、ほたるの胸の奥が痛んだ。何故そんな場所が痛むのだろう。何故、冬吾と令嬢を見ていると息苦しいのだろう。二人があんまりお似合いだから、ほたるだけ一人ぼっちにされたような気がして、胸が張り裂けそうだった。

「冬吾の奴め。今まで何度見合いを薦めても、頑として抵抗しておったが、今回ばかりは気に召したようだな」

ほたるのそばで、ざり、と畳を踏む音がした。侯爵が吹かす煙管の煙が、またほたるの視界を灰色に染めていく。

「方々を探した甲斐《かい》があったわ。よほどあの顔に未練があると見える」

「こうしゃくさまは、八重さまと……同じお顔のおじょうさまを、さがしたのですか……？」

「ほたる。口を慎みなさい」

「構わぬ。これでやっと、冬吾に首輪をつけることができた。のう、清武」

「――はっ」

「清武さん……?」

黙っていろ、と、清武が目配せをする。清武は侯爵の企みを知っていたらしい。しかし、そのことはほたるにとって、大事なことではなかった。

（冬吾さま）

ほたるはもう一度、庭の方へと瞳を移した。まだ雪が残った池の端を、令嬢が足元を気にしながら歩いている。すると、冬吾は彼女のたおやかな手を取って、躓《つまず》かないように半歩前を歩き始めた。

八重が生きていた頃も、冬吾は同じことをしたのだろうか。広い庭を散策しながら言葉を交わす、打ち解けた様子の二人。ほたるの知っている、雄々しくて無頼漢の冬吾はどこへ行ってしまったのだろう。あんなにも紳士的で、優雅な立ち居振る舞いをする冬吾を、ほたるは見たことがなかった。

（あれがほんとうの、冬吾さまのおすがたなんだ。おれの知らない冬吾さまが、あそこにいらっしゃる）

何故だろう。胸が痛くて仕方なかった。息が詰まりそうで、苦しくて仕方なかった。同じ高い身分の冬吾と令嬢の間に、ほたるが割って入れる余地などない。

俺のそばにいろと言ってくれた、あの時の冬吾の瞳は、今は令嬢へと注がれている。冬吾が嘘をついたとは、けして思わない。ただ、ほたるが彼を、欲張りに求め過ぎたのだ。障子の陰に隠れるようにして、庭を覗き見することしかできないほたるには、冬吾が遠かった。

とても、遠かった。

（冬吾さまは、誰よりもごりっぱなだんなさま。使用人のおれのものじゃない）

何度も自分に言い聞かせたことを、ほたるは痛む胸の奥で繰り返した。使用人のくせに、冬吾を横取りされた気になって傷付いているなんて、偉そうだと思った。

開いていたはずの障子が、清武の手でゆっくりと閉められていく。庭の風景が見られなくなった瞬間に、ほたるも、幸せだった冬吾との時間を心の奥底に閉じ込めた。これから先は、冬吾がくれた温かな思い出だけを抱いて、彼のそばで仕えていく。

何でもする。この屋敷に売られてくる前の、青戸屋でしていたような下働きでも。頭から煤《すす》をかぶり、手足を汚水に浸し、着物がぼろぼろになるまで地べたを這いずってでも。冬吾に必要とされる使用人でいられるように、どんなことでもする。

「さて。……これでもう、男妾も用済みだ」

侯爵の氷のような眼差しが、再びほたるへと向けられた。何を言われたのか分からずに、ほたるが無言で侯爵を見つめ返していると、いきなり頬をぶたれた。

「あう…っ！」

「御前！」

衝撃で畳に蹲《つくば》ったほたるのもとに、清武が慌てて駆け寄る。理由もなく侯爵の仕打ちを受けた、じんじんと痛む頬が、ほたるの心をも苛《さいな》んだ。

「御前、おやめくださいませ。ほたるにあまり無体なことは…っ」

「下がれ清武。この者は目障りだ。いつまでも男妾がそばにおっては、冬吾の足枷になる」

「あしかせ――？」

頬を手で押さえながら、ほたるは声にならない声で呟いた。

「冬吾さまはおれに、そばにいろと言ってくださいました。たしかにおれに、そう言ってくださいました」

「愚か者めが。己がいっときの慰み者であったことも分からぬか？」

「え……っ」

「ほたる。御前にお許しを願うんだ。お前が俺たちに内緒で、冬吾様としていたことを、もう二度としないと誓いなさい。そうすればもうぶたれたりはしない」

ほたるは、はっとして、清武を見た。悔しそうな、悲しそうな、複雑な顔をした彼が目の前にいる。

「清武さん、どうして。どうして、ないしょのことを知っているの」

「……ごめんよ、ほたる。俺は見てしまったんだ。冬吾様が銃で撃たれた夜、お前と冬吾様が病室で、男女のように唇を交わしていたのを」

「み……、見ていたの…？」

「入院の支度をして俺が病院に戻った時、お前は冬吾様の膝の上で、裸になって逐情していた。冬吾様がお前を特別にかわいがっていることは知っていたけれど、あれは、いけない」

「なぜですか？　冬吾さまは、雪まみれになったおれを、あっためてくださっただけです。冬吾さまが、せっぷんはいちばんのおくすりだって――」

「薬？　そう教えられたのか？　冬吾様が、接吻は薬だとお前に言ったのか。だったら冬吾様は極悪人だ……っ」

こらえきれなかったように、清武の瞳から涙が零れ出す。ほたるは驚いてその泣き顔を見つめた。

「お前がこの屋敷に来てから、俺はお前のことを、ずうっと弟のように大事に思ってきた。だからこそ、冬吾様がお前にしたことを、許す訳にはいかない」

「清武さん――」

「冬吾様とほたるの秘密を、御前に知らせたのは俺だ。冬吾様の間違いを、御前に正していただきたくて、見合いの段取りをお願いしたんだ」

「まちがいなんて、清武さん、冬吾さまは、そんなこと…っ」

「ほたる。男と男は、けして男女のようにはなれないんだよ。ましてや、何も知らない子供のお前に、閨《ねや》の相手をさせるなんて、世間から誹《そし》りを受ける恥ずかしいことなんだ」

「でも、おれ、少しもいやじゃなかったよ？　冬吾さまがおれをとかしていくの、きもちがよくて、しかたなかった」

「やめておくれ。そんなはしたない話を、俺に聞かせるな」

「だって…っ、冬吾さまにだきしめてもらうと、いつもあったかかったよ。口の中で冬吾さまがやんちゃをすると、おれは、いつも体があつくなって、もっとしてほしいって思ったの」

「ほたる！」

清武が自分の耳を両手で塞《ふさ》いで、いやいやをするように首を振った。

何故接吻を禁じられるのか分からない。冬吾が教えてくれた唇の温もりを、ほたるはけして疚《やま》しいものだとは思わなかった。

「もうよい、清武。聞くに堪えぬわ」

涙を流し続けている清武を、無情な足で傍らに蹴りやって、侯爵はほたるを見下ろした。

「卑しい男妾めが。金ならもうせしめただろう。お前はここから去れ」

「お、お金なんて……。おれは、冬吾さまのめかけではありません。おそばに仕える、使用人です」

「黙れ」

ぴたり、と、ほたるの唇に煙管の先が突きつけられる。葉の燃える雁首《がんくび》の赤々とした火が、ほんの少しでも触れたら、唇は焼け爛《ただ》れるだろう。

「御前、おやめください。ほたるを傷付けることだけは、どうか」

「随分と情が移ったものだな、清武。小僧が一人、火ぶくれになって死に絶えようが、我が身は痛くあるまい」

「そんな――、話が違います！　その子には手を出さない約束だったではありませんか！」

「使用人は牛馬と同じ。ましてや卑しい男妾など、いくらでも替えが利く」

「……っ……」

「小僧。冬吾は由緒正しい妻《めと》を娶り、藤邑の血筋を受け継ぐ子を成さねばならん。二人の似合いの姿を見ただろう。今更冬吾が、お前のような愚にもつかぬ者を相手にすると思うか」

侯爵の言葉に、ほたるは何も言い返すことができなかった。どんなに冬吾のことを信じようとしても、たった今見た庭の光景が、ほたるを裏切る。

「冬吾さまは、おれのことが、いらなくなったのですか――？」

灼熱《しゃくねつ》の煙管の先に炙られて、ほたるの唇が震えた。にやりとほくそ笑んだ侯爵の顔が、ほたるの問いの答えだった。

「己で確かめてみるがよい」

「……っ」

「ここに冬吾を呼んでやろう。あれの口から直《じか》に聞け。お前は飽きて捨てられ、見返りもなく朽ちるだけの、つまらぬ者だとな」

「い……っ…、いや……！」

侯爵の言葉が終わらないうちに、ほたるは畳を這いずって逃げ出した。庭とは反対側の襖《ふすま》を開け放ち、転げるようにして廊下を走った。

（いやだ。冬吾さま。いやだ）

本当に自分は必要でなくなったのか、冬吾に確かめるのが怖い。いらない奴だと言われることが怖い。

ほたるは息を切らしながら、屋敷の一番奥まった場所にある、使用人部屋へと逃げ込んだ。陽の届かない壁の隅に背中を預け、零れ落ちる涙もそのままに、震える膝を抱き締める。

「またおれは、捨てられるんだ。いらなくなって……っ、ごみみたいに、放り出されるんだ」

生まれたばかりのほたるを、橋の下に捨てた両親のように。一度拾っておきながら、無用になればほたるを騙《だま》して売った、青戸屋の奥様と旦那《だんな》様のように。

ほたるは血が滲むほど唇を噛み締めて、何度も冬吾と交わした接吻の名残を探した。

「だれにきらわれるよりも、冬吾さまに、いらないと言われるのが、おれにはいちばん、つらい」

しんしんと冷えていく部屋に、ほたるの嗚咽だけが響いていた。寂しかった。一人でいるのは、悲しくてたまらなかった。

ほたるを抱き寄せ、唇で温めてくれた冬吾に、嫌われたくない。そばにいてほしい。

「冬吾様とお嬢様がお出掛けだよー！　みんな玄関でお見送りをおし」

「お車の用意はできているのかい？」

「そっちは万端だ。お二人で浅草寺《せんそうじ》を参拝して、カツドウを見に行かれるそうだよ」

「仲がおよろしいこと！」

どこからか聞こえる女中たちの弾んだ声が、ほたるの耳と胸を切り刻んだ。ほたると行った仲見世《なかみせ》の活動写真館に、冬吾は見合い相手を連れて行く。二人で並んで座り、チャップリンの喜劇を見るのだろうか。ほたるとしたように、冬吾はキャラメルを買って、妻になる人とそれを分け合うのだろうか。

「う……っ」

ほたるは涙が溢れないように、両手で顔を覆った。もう耐えることはできなかった。冬吾の隣に、ほたるの居場所はもうない。

「冬吾さま。おれは、おいとまいたします――」

冬吾の口から、いらないと告げられる前に、この屋敷を出て行こう。

もう捨てられるのは嫌だ。自分の方から出て行けば、冬吾のことを、恨まずにすむ。

「ううん。おれのたった一人のだんなさまを、うらんだりしない」

ほたるはゆっくりと顔を上げて、壁の角に置かれている文机の前に座り直した。使用人たちが故郷の親や友人に便りを出せるように、そこにはいつでも便箋《びんせん》と筆記具が用意されている。ほたるは鉛筆を手に取って、冬吾に別れの恋文を認《したた》めた。

今までありがとうございました。さようなら。どうぞおげんきで。

言葉はたくさん浮かんでくるのに、それらはほたるの頭の中で、泡のように儚《はかな》く消えていく。鉛筆を握ったままの手が動かない。ほたるが文字を学んだのは、いったい何のためだったのだろう。

「……冬吾さまに、伝えることばが、見つからない」

ぽたりと、またほたるの涙が零れ落ちた。あとからあとから流れてくるそれを、指の先で掬《すく》い取って、鉛筆の代わりに便箋へと触れる。

冬吾。

自分の名、『螢』よりも先に覚えた、『冬吾』の名。ほたるに陽の光のような、明るい世界があることを教えてくれた、尊い人の名。ほたるは便箋に涙でそれを書いて、何度も冬吾に接吻をしたように、唇を押し当てた。

――この日の夕刻を待たずに、高利貸し藤邑冬吾の屋敷から、一人の使用人が出奔した。金品はおろか、上着さえ持たぬまま消え去ったその者のことを、屋敷の者たちが知ったのは、七軒町の空に宵闇《よいやみ》が広がる頃のことだった。

九

陽の高いうちに屋敷を出てから、もうどのくらい時間が経っているだろうか。かじかんで動かない両手に、ほたるは自分の息を吹きかけた。

「は……っ、はふ、はぁ……っ」

十本の指はどれも赤いしもやけになっているはずだが、こう暗くてはよく見えない。見知らぬ街の家々は、もう窓の明かりを消していて、ほたるの行く手を照らしてくれるのは、数の乏しい街灯だけだ。

冬吾の屋敷のある七軒町を離れて、自分が今、どの街のどの通りを歩いているのか、皆目分からない。この辺りは賑やかな浅草《あさくさ》界隈とは違う、静かな寺社の多いところだ。目的地のない夜の道行きは、ひどく寂しく、心細さも増す。しかし、ほたるが歩みを止めることはなかった。

「もっと、遠くへ行かなくちゃ。おやしきにもどれないくらい、もっともっと遠くへ」

道順を覚えないように、どこをどう歩いてきたのか、後ろを振り返ってすらいない。ただ、二度と冬吾に会ってはいけないと、それだけを考えて街を彷徨《さまよ》っている。

「はっ……」

ほたるはもう一度指先に息を吹きかけて、少しも温まらない両手を、着物の袖に隠した。温かな上着でもあれば、もう少し元気が湧《わ》くかもしれないが、冬吾にもらったものは、なるべく持ち出したくなかった。

「あのえりまきがあったらな。首がすうすうして、さむいや」

力車に乗って浅草の街を見物した時、冬吾が自分の首に巻いていた襟巻を、ほたるに貸してくれた。毛糸の温もりを知ったせいだろうか。今夜の寒さは、あの時よりもずっと体にこたえる気がする。

体じゅうを氷のように冷たくさせて、ほたるは不意に、夜空を見上げた。星も月もない夜空は真っ暗で、まるで鯰《なまず》の大きな口のように、ほたるの頭上に闇が広がっている。冬吾が教えてくれた星座を探そうとして、ほたるはやっとそこで、立ち止まった。

(そんなものをさがして、どうする――?)

冬吾にもう会わないと決めて、屋敷を出たくせに。ほたるが考えるのは冬吾のことばかりで、他には何も頭に浮かんでこない。

(どこまで行けば、冬吾さまをわすれることが、できるのかな)

冬吾のいない一晩を過ごせば、あの屋敷で暮らした日々は、夢だったと思えるのだろうか。立ち止まったままでいると、寒さが足元から這い登ってきて、ほたるをさらに凍えさせた。寒いと何故か、腹がすく。きゅるる、と鳴る腹の虫を、今夜は何度聞いただろう。

「……あ……、いいにおいがする」

身を切るような夜風に乗ってきたその匂いは、屋台のおでんだった。小さな提灯《ちょうちん》の明かりに誘われて、ふらりとそちらへ足を向けてみる。客のいない屋台から、熱々の湯気が立ち昇っているのを見つめていると、暇そうにしていた店主が、野良犬を追い払うようにほたるを睨んだ。

（おっかないな。……おなか、へった）

店主に邪険にされながら、ほたるはまたあてもなく歩き出す。さらさらと水の流れる音がして、近くに川があることに気付いた。音を頼りに進んでいくと、街を横切る川べりの道に出る。

黒い帯にしか見えないこの川が、何という名の川なのかは知らない。川べりの道を歩き続けているうちに、ほたるは寒さと空腹で、意識が朦朧《もうろう》とし始めた。

（さむい。さむくて、ひもじい）

よるべないこの気持ちを、ほたるは何度も味わったことがある。今の今まで忘れていたのは、寒い思いとひもじい思いから、ずっと冬吾が守ってくれていたからだ。炊き立てのご飯で作った握り飯と、柔らかな布団の寝床。冬吾が最初にくれたものを思い出して、ほたるは、きゅう、と胸を痛ませた。

この世にこんなにおいしいものがあるのか、と、泣きながら食べた握り飯。あの味を一度だって忘れたことはない。腹の虫はよく聞こえるのに、ざり、ざり、と、川べりの道を進む足音は、だんだんと小さくなっていく。

「あ……っ！」

やがてほたるは、草履《ぞうり》の足元を危うくして、小さな石に躓いた。枯れた葦《あし》の草むらに、ばったりと倒れた体を半分埋めて、そのまま動けなくなる。

（おき……なきゃ。歩こう。もっと遠くへ、もっと——）

指先に感じた葦の葉を引っ搔いて、ほたるは前に進もうとした。しかし、びゅう、と強く吹いた川風が、僅かに残っていたはずのほたるの体力を奪い去っていく。ほたるは閉じかけた瞼をどうにか開けて、風がやってくる先を見た。

ほたるが歩いてきた道が、すぐそこでぷっつりと途切れている。川の向こうは、さらに大きなもう一つの川に流れ込んでいて、よく目を凝らすと、橋が近くに架かっていた。

川の合流点に広がる、葦の草叢《くさむら》。その上に架かる橋。物寂しい風景に見覚えがある。

「……やなぎ橋……？」

奇《く》しくもそこは、生まれたばかりのほたるが捨てられていた場所だった。巡り巡って、柳橋の下に辿り着くなんて。ほたるは草の上を這いずって、橋脚の陰に身を寄せた。ほんの少しだけ、川風を遮ることができてありがたい。しかし、そこでついに力尽きた。

「は……っ、は……」

頬が地面と擦れても、もう痛みも冷たさも感じない。外気と同じ温度になったほたるの体に、静寂が舞い降りてくる。今まで、どんなにつらいことがあっても考えたことがなかった、死というものが、ほたるのすぐそばに忍び寄っていた。

（おれは、ここで拾われて、ここで、しぬんだ）

一月ほど前、冬吾と活動写真を見た日に、ここへ来たことを覚えている。二度捨てられたほたるを、冬吾はこの橋の下で、もう一度拾ってくれた。新しい命をもらったようで、あの日の自分は、きっと誰よりも幸せだった。

あの日と同じ場所に、冬吾はいない。白い息で霞《かす》んだ夜のどこかに、ほたるが自分で置いてきた。しかし、もう冬吾に会わないと決めた覚悟は、孤独という寒さに曝されて、いつしか消え去ってしまっていた。

（さびしい――。一人は、いやだよ。冬吾さま）

体の中が氷結したのか、泣いているのに、涙が出ない。冬吾に焦がれ、求めて、彼を探して伸ばした指先が、何かに触れる。ほたるはそれを手繰り寄せ、おぼつかない瞳で見た。

「キャラメル」

ぼろぼろになった、小さなキャラメルの箱。鳥が突《つつ》いたか、川の水が攫っていったか、中身のないその空き箱を、ほたるは掌の中に包んだ。

（冬吾さまの、キャラメルだ。おれに買ってくださった、あの時のキャラメル）

甘く蕩ける味が口の中に蘇ってきて、ほたるは泣きながら微笑んだ。

橋の下で冬吾と抱き締め合い、ずっとそばにいると約束を交わした。掌に包んだ箱に、あの日の冬吾の優しさと、温もりが宿っている。

どうしてそれを、手放せると思ったのだろう。どうしてそれを、捨てることができると思ったのだろう。こんなにも大切で、かけがえのないものを。

「ごめん、なさい」

冬吾のそばにいなければ、生きてさえいられない。夏にしか飛べない蛍《ほたる》のように、淡い命が潰《つい》えようとしている今、やっと思い知った。

冬吾のところへ、帰りたい。

帰りたい。帰りたい。

(どうか、もう一度おれを、冬吾さまの、おそばに)

心からの願いを託した、微かな吐息が溶けていった夜空から、ほたるへと白いものが降ってくる。蛍の幻と見紛《みまご》うそれは、冬の名残の雪だった。ひらひら、音もなく舞い落ちて、ほたるを白く染めていく。

夜更けの静寂の中で降り出した雪は、時間が過ぎるごとに勢いを増して、ほたるの体を覆い尽くした。おそらくもう、日を跨《また》いだ頃だろう。降り積もる雪の下で、だんだんと鈍くなっていく鼓動を聞きながら、命と引き換えに大切な人の名を呼ぶ。

「冬吾さま……」

ふ、と雪が途切れて、大きな黒い影が風景を覆った。ああ、ついに目も見えなくなってしまったかと、ほたるが涙ぐんだその時、誰かの声が聞こえた。

「こんなところで……っ、何をしてる」

ひどく乱れた声だった。はあはあと、苦しげな息の混じった、低い声。役に立たない耳を澄まして、ほたるは声の主を探した。

「馬鹿野郎が——！　何を行き倒れてんだって言ってんだよ！」

夜を震わせるほど怒鳴りつけながら、大きな手が降り積もった雪を払い、ほたるを冷たい草叢から抱き上げる。外套《がいとう》の前を開け、洋装の礼服の胸にほたるを包み込んで、声の主は慟《どう》哭《こく》した。

「死ぬな！　頼む、死なないでくれ……！　目を開けろ！　ほたる！」

「……っ…」

「ほたる！　死んだら許さねぇぞ！　起きろほたる！　起きて俺を呼べ——冬吾と呼べ！」

がくがくと揺さぶられながら、ほたるは泣き声を聞いていた。声を嗄《か》らして泣く誰かが、何度も自分の名を呼んでいる。痛ましいほどのその慟哭が、ほたるをもつらく切なくするのに、幸福で仕方なかった。

（冬吾さまの、お声。冬吾さまが、おれをよんでる）

ほたるが瞼を薄く開けると、涙で頬を濡らした冬吾が、すぐそばにいた。

「ほたる……っ」

瞬きをした彼の瞳から、雫が一つ、ほたるの頬に落ちてくる。怒り狂った鬼の形相と反する涙を、今すぐ拭って、そこに唇を押し当てたい。冬吾の涙を消し去ってあげたい。しかし、その役目は、ほたるのものではなかった。

「冬吾、さま、ごえんだん、およろこび、もうし上げます」

冬吾のそばに、もうほたるの居場所はない。冬吾と似合いの見合い相手のことを、ほたるは焼きもちではなく、羨《うらや》ましいと思った。

「——縁談だと？」

「たいせつな八重さまに、いきうつしのおじょうさまと……、どうか、おしあわせに」

「馬鹿野郎、勘違いするな。俺が幸せにしてぇのはお前だけだ！」

冬吾が怒った顔をくしゃくしゃに崩しながら、信じられないようなことを言う。凍てついていたほたるの胸が、微かに鼓動を響かせた。

「悪趣味な伯父が企んだ、くだらねぇ見合いを真に受けやがって。どんなに顔が似ていようが、あれは別人じゃねぇか。お前、身を引いたつもりだったのか。馬鹿。お前がそんなことをしたって、俺が喜ぶとでも思ってんのか！」

冬吾が言葉を紡ぐたび、ほたるの鼓動が大きく鳴る。命を繋《つな》ぐその音を守るように、冬吾はほたるの胸に手を置いた。

「何があっても俺のそばにいろと言ったはずだぞ。お前が逃げたって、俺はどんな手を使ってでもお前を探して、俺のところへ連れ戻す」

「冬吾さま――」

「お前を絶対に離さねぇからな。二度と一人にはさせねぇ…っ。俺はお前のことが、いとおしいんだ。誰よりも、大事にしてぇんだ。頼むから、勝手にいなくなるな。あんな…っ、便箋一枚で、俺と何もなかったことにはさせねぇぞ。お前は俺のものだと言ったろう？　お前を縛って、屋敷に閉じ込めてやるから覚悟しろ、ほたる。俺のものだってことは、そういうことだからな……っ」

二度とほたるを離さないと、涙声で冬吾が告げた。精悍《せいかん》な頬から落ちてくる雫が、冬吾の言葉が嘘でも幻でもないと教えてくれる。ほたるの胸にも、冬吾と同じ想いが溢れて止まらなかった。

「おれは、冬吾さまの、ものです。おそばに、いるから、泣かないで」

雪の色をした手を動かして、ほたるは冬吾の頬を包んだ。

触れた場所から伝わる温もり。ほたるただ一人を欲して泣く人。何よりもいとおしい。

「分かっ……た。いとし、いとしという、こころ。むねが……あったかい、これが」

「ほたる」

「紫乃せんせいが、冬吾さまにかいた、てがみのことば。ほたるの、こころも、冬吾さまと、同じなの」

「——ああ。違うはずはねぇと、俺はとっくに分かっていたよ」

「うれしい。いとし、いとしい、冬吾さま。もう一度、お会いできて、よか、た」

「ほたる……っ？　おい！　ほたる！」

「冬吾さま」

最後に呼んだ名は、声にはならなかった。眠るように意識を手放して、ほたるは冬吾の腕の中で頽《くずお》れた。

終わらない雪がまた、ほたるの髪に降り積もっていく。しかしもう、ほたるは一人ではなかった。


長い、長い夢を見た。何の夢かは忘れてしまった。深い眠りの底で、自分が微笑んでいたような気がしたから、きっといい夢だったのだろう。

頬に触れている、温かくて柔らかいものは、その夢の名残だろうか。ずっとこのまま埋もれていたいのに、瞼の向こうから明るい光が近付いてくる。眩《まぶ》しくてむずかっていると、ふわりと髪を撫でられた。

「――ん、……う……」

「気が付いたか？」

「んん……っ、どなた……」

「お前の一番大事な人だよ」

「とうごさま――？」

「……はは、即答か。たまんねぇなあ、お前は」

髪を撫でていた手が、ぐしゃぐしゃと乱暴な仕草になる。ほたるが瞼をようやく開けると、白い夜着と、はだけた逞《たくま》しい胸が見えた。

瞬きをしたほたるの瞳に映り込む、少しだけ照れたような笑顔。冬吾だ。

「冬吾さま……。ほんとうに、冬吾さまだ。冬吾さま……っ」

「おはよう。と言っても、もう昼だが。気分はどうだ？」

「はい。どこもわるくありません。冬吾さま――」

しがみついて甘えると、冬吾はいっそう照れたようだった。ほたるの髪にかかった彼の吐息が弾んでいる。

「お前の指、まだしもやけがひどいな。薬を塗ってやるから、そのままにしてろ」

冬吾は寝具の傍らを探して、肌にいい軟膏《なんこう》の入った、小さな丸い器を取った。

「昨夜はキャラメルの箱を握ったまま倒れてた。覚えているか？」

「……はい」

ほたるの手を取って、冬吾が赤く腫れた指の一本一本に軟膏を塗っていく。独特の薬草の香りと、沁みる痛みに顔をしかめていると、冬吾はくすりと微笑んだ。

「キャラメルが食いたきゃそこにある。水も、温かい粥《かゆ》もあるぞ。好きなものを言え」

冬吾が目配せをした枕元に、小山になったキャラメルの箱と、土鍋と、吸い飲みが置いてある。昨夜失ったと思ったはずの冬吾の優しさに、ほたるは体じゅうを包まれて、胸がいっぱいになった。

「ありがとうございます——。冬吾さま、……おれはずっと、ねむっていたのですか？」

「ああ。柳橋の下でお前を見付けて、すぐにこの宿屋へ運んだんだ。屋敷の者や、紫乃や槙、みんなでお前を探したんだぞ」

「そんな……、みんなで……？」

「帰ったらちゃんと礼を言っておけ。氷みてぇな体でどうなるかと思ったが、湯を使って温めて、どうにかお前の命を繋いだよ」

軟膏を塗り終えた冬吾は、ほたるをすっぽりと抱き締めて、小さな子供にそうするように背中を撫でた。

ほたるが夢を見ている間も、きっとこうして抱いていてくれたのだろう。橋の下で会えた時も、冬吾は息を乱して、必死にほたるを呼び続けていてくれた。

冬吾に申し訳なくて、つん、と鼻の奥が痛くなって、ほたるは彼の胸に頬を埋めたまま、顔を上げられなかった。

「冬吾さま、だまっておやしきを出て、しんぱいをかけて、ごめんなさい」

「まったくだ。――話は全部聞いた。伯父がお前にひどくあたったことも。あの野郎に代わって詫《わ》びるよ。すまなかった、ほたる。お前一人に、つらい思いをさせた」

「ううん……っ、こうしゃくさまは、こわいお人だけど、何を言われても、へいき。冬吾さま、おれは――おれは、冬吾さまにいらない奴だと思われるのが、こわかったの」

「馬鹿野郎。いらねぇどころか、お前がそばにいないと、俺は正気を保ってられねぇんだぞ」

馬鹿野郎、ともう一度言って、冬吾は体を捩《よじ》った。ほたるを寝具に深く沈ませて、長い両腕で抱き締めながら、身動きを奪う。

「昨日、屋敷に戻ってお前がいなくなったと聞いた時、心底血の気が引いた。すぐに探しに出たが、夜更けを過ぎてもお前は見付からなかった。日を跨ぐ時間まで探し回って、もしやと思って、あの橋まで行ったんだ。お前が雪に埋もれて倒れてんのを見付けた途端に、泣けてきた。涙なんぞ、ずっと前に忘れてたのに」

「冬吾さま」

「また俺は、大切なものを亡くすのか、俺のせいで、今度はほたるを死なせるのか、そう思ったよ。……お前が目覚めてくれて、本当によかった。俺はお前に、ずっと言いたいことがあったんだ」

「冬吾さまが、おれに？」

「ああ。——お前のことを好いてる。最初に接吻を教えた時から、いつだって、俺はお前が恋しい」

「こい……」

「恋文の恋だ。お前は知らないまま使ってたろう。恋しいは、いとしいから生まれた字だ」

冬吾は抱き締めていた腕を解くと、ほたるの胸元に、いとしいとしというこころ、と漢字で書いた。

冬吾が綴《つづ》った指の軌跡が、夜着を通してほたるの肌に浸潤していく。冬吾をいとしいと思う心が、ほたるの胸に息づいている。とくん、とくん、と痛いほど騒ぐこの鼓動が、恋のしるしだ。

「冬吾さま。おれ、冬吾さまのおそばにいる時や、冬吾さまのことをかんがえている時、よく、むねがさわいだの。ざわざわして、どくん、として、きゅうっとして、やきもちをやいて苦しい時も、ありました。これが、恋というものですか？」

「ほたる……。そうだよ。俺とまったく同じだ」

覆い被《かぶ》さってきた冬吾の胸から、大きく打ち鳴らす鼓動が聞こえる。共鳴するように響く鼓動と鼓動に、ほたるは戸惑った。

「――どうしよう。また、おれのむねがへんです。どくどくして、いたいです……っ」

「恋の痛みだ。接吻で治る。目を瞑《つむ》れ、ほたる」

「でも……っ、いけないことだって。清武さんが、おとことおとこは、せっぷんをしないって。せっぷんはおくすりとはちがう。冬吾さまとおれが、びょうしつでしたことは、はずかしいことだって、言っていました」

「お前は恥ずかしいと、俺に触れられるのが嫌だと思ってんのか？」

「い……いいえっ。思っていません」

「だったらもう答えは出てるじゃねぇか」

ほたるの額に接吻を落として、冬吾は微笑んだ。とくん、とまた、二人分の鼓動が跳ねる。

「お前に、いろはのいから教えてやる。恋しい気持ちに、男も女も、歳《とし》も立場も関係ねぇよ。人に禁じられたってどうしようもねぇ、自分じゃままならねぇのが、恋ってやつだ」

「冬吾さま――」

「前に青戸屋の連中を屋敷へ呼び出した時、俺は鬼の心を見事に打ち砕かれて、お前に惚《ほ》れた。お前は自分を殺そうとした相手にも慈悲深い、仏のような奴だ。俺より背丈が小さくて、力も何も持っていなくても、俺はお前にひれ伏しているよ。お前に、鬼になるなと泣かれた日から。ずうっと、ずうっとだ」

「冬吾さまは……、おれのことを、そんなふうに思っていてくださったんだ……」

「もっと早く、お前に俺の胸の内を明かしておけばよかったな。ほたる。お前が泣いていると俺もつらい。寒い思いをしていると、俺も寒い。でもな、俺たちが唇を交わせば、心が幸せになって、体もあったまるんだ。接吻を薬だと言ったのは、いとしい相手なら、本当に薬になるからさ」

「よかった……。せっぷんのおくすりは、いけないことじゃ、ないんだ。そうですよね、冬吾さま」

「ああ。だがお前は、一つだけいけないことをした」

「……え……?」

「俺と同じ寝床にいながら、他の奴の名を口にした。俺を妬かせるとは、生意気にもほどがある」

冬吾の他に誰か呼んだっけ――と、きょとんとしたほたるの唇を、熱い接吻が塞いだ。時間が止まったような、厳粛なその瞬間に、ほたるは頭の中にあったものを全部忘れた。たちまち接吻のことしか考えられなくなって、冬吾の夜着の襟を握り締める。

「ん……、は、……ん…っ」

貪るように吸い上げるやり方が、冬吾の待ち切れなかった気持ちを表していた。何度も角度を変える接吻に、置いて行かれないように必死でついていく。二人の乱れた前髪が、時折さららと互いの額を擦って、新しい熱を生んだ。

「んっ、んうっ、…ふ……」

「ほたる」

「は……っ、冬吾、さま…っ、んん……」

「やんちゃをしていいかい——？」

「……はい…。いとしい、冬吾さま。口の中にも、してください。前にしてくださったみたいに」

「ああ。お前がしたいことを、たくさんしよう。俺も同じことがしたい」

ちゅく、とほたるの唇を舌で割って、冬吾は並びのいい小さな歯を撫ぜた。

「……は…っ、んぁ…っ」

歯の先をそうされると、何故、背中がぞくぞくと震えるのだろう。おもちゃのようにのけ反ったほたるの夜着を、冬吾は優しい手で剝いだ。

口腔の奥へと舌を忍ばせながら、ほたるの肩から下を裸にしていく。頼りない細帯を奪う、しゅるり、という乾いた音が、ほたるを耳から蕩けさせていった。

「あう……、くっ、ん…ふっ……」

深く絡ませた舌と舌が、互いに離れたくないと訴えている。混ざり合う吐息を分《わ》かつことはもうできない。ほたるは両手を冬吾の首の後ろへと回して、襟足を握り締めた。

もっと、もっと接吻をしたい。ほたるが欲するままに、冬吾はそれをくれた。唇と舌がふやけるまで求め合って、ほたるがとろとろになった頃、冬吾はようやく接吻を解く。息がしたくて喘いだほたるの胸に、武骨な指がするりと円を描いた。

「ああ……」

「柔らかくなったな。あんなに骨の浮いてた胸が、嘘みてぇだ」

円を少しずつ小さくしながら、冬吾はもう片方の胸を唇で啄《ついば》んだ。ちゅ、ちゅ、と吸われるたびに、肌の奥の方でほたるの鼓動が乱れる。二つの胸の先端を、指と唇で同時にかわいがられた瞬間、つきんっ、と痛みが走った。

「んうぅっ」

痛かったのに、指の腹で捏《こ》ねられ、唇で食まれ続けていると、そこがうずうずと熱くなってくる。冬吾の吐き出す息にまで感じてしまうほど、胸の先端が充血してくるまで、時間はかからなかった。

「あ……っ、冬吾さま、そこ……っ」

「ぷっくりと腫れてきた。俺の舌を健気《けなげ》に押し上げてる。かわいいな」

「かわいい……？」

「ここだけじゃねぇよ。お前はどこもかしこもかわいい。——手を貸してみろ」

蕩けて力の入らないほたるの右手を、冬吾はそっと下方へと導いていく。腰から下を覆っていた夜着を取り払い、ほたるの薄い茂みを掻き分けてから、冬吾はそこにあった膨らみを捕らえた。ほたるの手に自分の手を重ねて、きゅう、と熱の源を握り込む。

「あぁ、んっ」

自慰をしたことのなかったほたるは、掌の中のものが瞬く間に張り詰めていくのを感じて、赤面した。恥ずかしくて手を離したいのに、冬吾の手が邪魔をする。半ば無理矢理に揉み込まれていくうちに、ほたるの掌の中から、ぐちゅっ、と濡れた音が聞こえ始めた。

「冬吾さま、へんな音が――」

「お前のここが、気持ちがよくて溶けてきてるんだ。前にも教えただろう」

「おれ、またとけてしまうの……？　あ…っ、冬吾さま、ぐちゅぐちゅって、しないで。はずかしいよう」

大きな音が立つように手を動かしながら、真っ赤になって抗うほたるを見下ろして、冬吾が微笑む。少しだけ苦いものを含んだ、年上の男らしい笑い方だった。

「ほたる、恥じらう姿はたまんねぇが、あんまり煽るな」

「冬吾さま……」

「お前に優しくしてやりてぇのに、そんなお前を見たら、もっといじめたくなっちまうだろ」

冬吾が手に力を入れた途端、ずちゅっ、とあられもない音が迸《ほとばし》る。ほたるの掌の中で育っていた屹立《きつりつ》は、冬吾が望むままに硬さを増していた。

「そのままじっとしてろ」

そう呟いた唇が、ほたるの胸から腹へと接吻をしながら下りていく。小さな臍《へそ》をくすぐってから、冬吾はほたるの足の間に体を割り入れて、信じられない場所へと顔を埋めた。

「え……っ、待って、ください、冬吾さま……っ」

「待たねぇ」

「ひゃ……！　ああ……っ」

ほたるの濡れた先端に、熱くて柔らかい何かが触れる。指でも掌でもない、冬吾の唇が、ほたるの屹立を飲み込んでいく。

「いや——、そんなこと、あぅ…っ、んっ！　はなして、冬吾さま、とうご、さま」

ほたるが両手で顔を押し戻そうとすると、冬吾はそれを軽くいなして、唇を窄《すぼ》めた。頬の裏側に圧された哀れな屹立は、ほたるの恥ずかしさなどおかまいなしに、ぶるっ、と打ち震えて悦ぶ。

「ひ、いっ……！」

こらえ切れずに閉じたほたるの瞼の奥に、ちかちかと星が散った。体じゅうが痺れて、何が起きているのか少しも分からない。冬吾の口の中で暴れる自分を、ほたるは止めることができなかった。

「ああんっ、冬吾さま、ゆるして、だめ、だめ……っ」

「んっ、く」

「口からにがして……、とける――とける…ぅ…っ！」

喉の奥の方まで誘い込まれ、根元から先端を唇で扱《しご》かれたら、もう耐えられるはずがない。

ほたるはびくびくと腰を跳ねさせて、体の奥から湧き上がってきた熱い疼きを、解き放った。

「あぁぁ――！」

高みまで昇った体が、花火のように弾けて散っていく。どうしようもない心地よさととも
に、ほたるは啜り泣いた。

「は……、んう…っ、ひくっ、うう……」

溶けてもなお、屹立したままのほたるのそこを、冬吾は丹念に舌で清めていく。怖々と瞼
を開けたほたるは、冬吾の白く汚れた唇に瞳を吸い寄せられた。自分がどこに何を放ったか、
今更取り返しがつかないことを思い知って、顔を青くする。

「ごめんなさい、ぶれいなことを、お、おゆるしください…っ」

「何も無礼じゃねぇよ、馬鹿」

ぐすぐす涙ぐむほたるを見上げて、冬吾は唇の白い残滓《ざんし》を舐《な》め取ってみせた。不作法に舌
の先で拭ったそれを、ぺろりと口に入れる。

「いやっ」

「蜜《みつ》の味だ。甘ぇ」

青から瞬時に赤く変わったほたるの顔をからかって、冬吾は体を起こすと、枕元へと長い腕を伸ばした。寝酒のように盆の上に置かれていた吸い飲みを取って、細い口をほたるの唇へとあてがってくれる。

「飲みな。お前はいい声で啼《な》く。喉が渇いたろう」

恥ずかしい粗相をしたのに、冬吾はほたるのことを少しも怒らなかった。蕩けるように優しい彼の眼差しに促されて、吸い飲みの水を飲む。

「んっ、んく。おいしい――」

ほたるの喉をたっぷりと潤わせてから、冬吾もごくりと水を呷《あお》った。溢れた雫が彼の首筋を伝うのを見て、無頼な姿に釘付けになる。

ほたるが裸の自分の胸に手を置くと、恋しい、恋しい、と鼓動が騒ぎ立てていた。あんまり冬吾を求め過ぎている気がして、ほたるは寝具に顔を埋め、ぐすん、と洟を啜った。

「つらかったか？」

「う、ううん。ちがいます。冬吾さまのことが、とても、恋しくって」

「お前――。素直なのも考えものだぞ。俺に火をつけんじゃねぇ」

冬吾は吸い飲みを盆に戻すと、自分の夜着を脱ぎ捨てて、再びほたるに覆い被さった。体全体でほたるを繭《まゆ》のように包み込み、汗ばんだこめかみを啄む。

「……ん…っ」

「ほたる。一回じゃ足りねぇ。お前をもっと溶かしてやりたい」

こめかみから下りてきた冬吾の唇が、熱い言葉を囁きながら耳朶を食む。鋼のような冬吾の体の下で、弱い耳をかわいがられて、ほたるは身悶《みもだ》えた。

「ああ、ん、……んっ」

冬吾は耳を甘嚙みしながら、ほたるの細い腰に、自分の腰を摩《す》り寄せてきた。冬吾の中心にある、煮え滾《たぎ》った昂《たか》ぶりを擦り付けられて、火傷をしそうになる。踊るようにその腰をしゃくらせ、お前もやれ、と、冬吾は淫らにほたるを誘った。

「はっ、ああっ、冬吾さまが、あつい、の。……は…、は……っ」

冬吾の動きに煽られ、たどたどしく腰を揺らすうちに、ほたるも興奮して息が切れてくる。いやらしいことをしている後ろめたさも、瞼を接吻で塞がれたら、あっけなくどこかへ消えてしまった。

視界を自ら閉ざしたほたるを、冬吾は俯《うつぶ》せにして、尻を高く上げさせた。獣の姿勢に劣情を駆り立てられ、仄赤く染まるほたるの目尻に、もう一度接吻が降ってくる。

「……あ……っ」

「ちょっとだけ、我慢してな」

ほたるの太腿と太腿の間に、やたら粘り気のあるものが塗られていく。くん、と敏感な鼻が嗅ぎ取ったのは、薬草の清涼な香りだった。冬吾がほたるの両手の指に塗ってくれた、しもやけの軟膏と同じ香りだ。

「冬吾さま……？」

「お前と一緒に、俺も気持ちよくなりてぇから。ほたる、膝を閉じてろ」

喉に絡んだ甘い囁きとともに、ずちゅう、と淫らな音を立てて、四つん這いの両足に熱いものが押し当てられる。軟膏でぬめったほたるの腿と腿の隙間を、冬吾は猛《たけ》った自身で貫いた。

「あっ、や……っ！」

後ろから突き上げてくるそれは、ほたるとは比べものにならないほど大きい。冬吾は片手でほたるの腰を捕らえながら、もう片方の手を前へと回して、二人分の屹立を握り締めた。

「んんっ、くぅっ、あぁ、ん」

冬吾が腰を打ち付けるたび、彼の大きなものに擦られて、ほたるのそこも跳ね上がる。どくどくと脈動を繰り返す互いのくびれを、冬吾が指できつく撫でたから、ほたるの瞼の奥にまた星が散った。

「ああっ！　冬吾さま、んっ、はぁっ……！」

「ほたる――すごいな。お前のが、また溢れてきた。俺の指も掌もしとどに濡れている」

「ごめんなさい、しからないで……っ。どうしていいか、分かりません……っ」

「叱らねぇから、怖がらずに腿を締めな。そうすると、俺のここも、もっと悦ぶ」

「はい…っ、冬吾さま。んっ、くうっ」

ほたるは軟膏の垂れる腿と腿を、きつく締め付けた。冬吾に悦んでもらいたい一心だった。

「くっ…、上手だ。ほたる。とても、いい気持ちだ」

「ほんとう？　ほんとう……っ？」

「——ああ。あんまりよ過ぎて、出しちまいそうだよ」

「冬吾さまも、とける——？」

「ああ。溶ける。このまま一緒に果てるのも捨てがたいが、お前にもっといいことを教えてやろう」

そう言うと、冬吾は濡れて汚れた腿の間から、ずるりと屹立を引き抜いた。小ぶりなほたるの尻を見下ろして、丸いその輪郭を撫で摩る。

「んっ、そ、そんなところ、さわらないで、くださ……っ」

くちっ、と水音を立てながら、冬吾の指の先が、尻の間の秘めた場所を掠めた。固く窄まったほたるの蕾《つぼみ》のようなそこが、軟膏と二人の蜜が混ざったもので潤っている。

「や……」

「ほたる。俺の他には、ここを誰にも触らせるなよ」

「ああっ、ひぁ…っ、冬吾さま……！」

ぬめりを掻き集めた指を、冬吾はほたるの蕾へと沈ませた。そんなところを穿《うが》たれるなんて、ほたるは考えもしなかった。怖いと思う隙もなく、じゅぷん、と体内に埋まった指に翻弄される。

「おれの、中に、ゆびが…っ」

「——今度は締めるな、ほたる。力を抜かねぇと、お前を傷付けちまう」

「だって、だって……っ、ああ…っ、ゆびがうごいてる……っ、冬吾さま、あうぅっ」

「楽にしろ。ゆっくり息をするんだ」

「はあっ、はあっ、ふぁ…っ。こすってる、ゆびが引っかいてるよう。あぁ——どうして、おなかが、あついの。冬吾さま、冬吾さま」

冬吾の指を食い締めたまま、ほたるはめちゃくちゃに腰を振った。体内に生まれた熱の行き場を、どうしていいのか分からなかった。逃げ道を塞いでいる冬吾の指が、さらに奥へと、ほたるを拓いていく。

「んう……っ！　あ——！」

ぐちゅりと回した指先が、ほたるの体内にある、小さくしこった場所を抉《えぐ》った。ほたるの頭の先から足の先へと、雷に打たれたような衝撃が走る。

「ひい……っ！」

がくんっ、と砕けた腰の奥で、何かが沸騰していた。冬吾が指を掻き回すのに合わせて、彼を食んだ隘路《あいろ》が波打ち、ほたるを欲情の淵《ふち》へと追いやっていく。

「どうしよう、冬吾さま……っ、おれ、おれ……っ、んぐっ」

我慢をしようと唇を噛んでも、冬吾の指を押し戻そうと身を捩っても、何の役にも立たなかった。

「ほたる――」

「んぅぅっ、あっ、ああ、ん」

感じる場所に指が当たるように、ほたるの体が勝手に動いている。不器用に揺らすしかなかった腰が、貪欲《どんよく》に冬吾を求めるうちに、しゃくるような扇情的な動きをし始めた。

「冬吾さま……っ、止まりません……っ、かってに、体がっ、あうぅっ」

「いいんだよ、ほたる。俺しか見てねぇ。俺にはどんなおねだりをしてもいいんだ」

「ほ、ほんとうに……？　きらったり、しない……？」

「するもんか。俺はもっとお前を啼かせて、蕩かせてやりてぇんだ」

「ああ……っ、冬吾さま、おれを、好いていてね。おねだりしても、どうか、きらわないで」

「ああ。どこをどうして欲しい。ちゃんと言いな」

「……そこ…っ、こすって、もう一度、引っかいて」

「ここがいいのか？　こうか？」

「はい…っ。きもちいい――、いいよう……っ」

もっと、もっと、続けてほしい。ほたるの思いを汲《く》んだ指が、二本に、そして三本に増えた。ずちゅっ、ずちゅっ、と爛れた水音が響くたび、もっとして欲しくなる。

（ああ、どうして。なぜ？）

たまらなく感じているのに、まだ足りない。気持ちがいいだけでは、何かもどかしい。こんなにも自分は、欲張りだったのか。こんなにも淫らだったのか。つう、と感極まった涙が、ほたるの頬を伝い落ちた。

「とう、ご、さま、冬吾さま……っ」

いとしい人の熱を、もっと感じたい。沸騰する自分の体と、冬吾の体を、一つに溶け合わせたい。一緒に溶けて、もう冬吾と離れられなくしたい。

「冬吾さま、お願いです……っ、もう一度おねだりを、きいてください」

「何だ」

「冬吾さまと、はなれていたくない。冬吾さまとおれが、一つにとけて、まざり合うには、どうすればいいですか」

「お前──」

「おれといっしょに、とけてほしいんです。いとしい、恋しい、冬吾さま。冬吾さましか、おれ、ほしくない」

寝具に突っ伏していたほたるは、かっ、と耳の先まで血を上らせた冬吾の姿を、見ることはできなかった。

「お前の望みを叶えてやる」

四つん這いから仰向けに転がされ、ぐらりと回った天井の光景に眩暈がする。隘路から指を引き抜かれる間に、その眩暈は酩酊《めいてい》のような深い陶酔へと変わった。

「ほたる。俺も、お前だけが恋しい」

「ああ……っ、冬吾さま」

「かわいいほたる。俺と一つになって、お前の全てを、俺に寄越せ」

冬吾に蕩かされ、ひくつくほたるの窄まりに、熱い切っ先が宛がわれた。接吻を捧げ合いながら、一糸纏わぬ互いの肌を重ねる。大きく開いたほたるの膝が、隘路を貫かれる痛みに揺れた。

「ん…っ、うう……っ！」

熱の棒で貫かれるような、指よりもずっと大きな衝撃を、ほたるは耐えた。冬吾の熱を、体の中で感じる。いとしい人と一つになれることが、嬉しくてたまらなかった。

「……ふ…っ、んくっ、んっ」

呼吸ごと、ほたるの悲鳴を奪った冬吾の唇が、熱烈な接吻を繰り返す。歯列を犯した舌先を追い駆けるように、冬吾の昂ぶりがほたるの体奥に埋められた。

初めての営みに、ほたるの痛みが和らぐまで、冬吾はそのまま動かなかった。口中で暴れる彼の舌だけが、やんちゃにほたるを求めている。くちゅ、ちゅぷっ、と遠慮のない水音を立てながら、ほたるも自分の舌を、冬吾の舌に絡ませた。

「ん……っ、んん……、冬吾さま――」

冬吾の髪を掻き抱き、いとしい想いのままぐしゃぐしゃに撫でる。すると、ほたるの中で冬吾の大きさが増した。拡げられた隘路の疼きに、思わず切羽詰まった声を上げる。

「ひあ……っ！」

「――動くぞ、ほたる」

「はい……っ」

「しがみ付いてろ。くそ……、お前の中は、なんでこうも熱いんだ」

掠れた声で囁きながら、冬吾は腰を引いた。ゆっくりとしたその動きに、ほたるの内側が釣られていく。

昂ぶりの半分ほどを抜いて、冬吾はほたるを抱き締め、腰を叩き付けた。引き摺り出されそうだったほたるの内側が、自分の肉ごと冬吾を最奥《さいおう》まで迎え入れる。

「ああ――！　あ、んっ、はぁ……っ！」

抜いては入れられ、最奥を突き上げられて、ほたるは啼いた。短い間隔で為される抽送が、痛みを少しずつ散らして、ほたるに快楽だけを残していく。

「あっ、あう……っ、冬吾、さま。ああ……っ」

何度も何度も擦られて溶けた隘路を、ほたるは無意識に締め付けた。ぶるりと体内で震え

る冬吾がいとしい。ほたるが啼き声を上げるたび、大きく太くなって、つらそうに抽送を速める冬吾が恋しい。

「冬吾さま、冬吾さま、もっとして。一つにとけて、おれのことを、はなさないで」

ぎゅう、と抱き付いてねだるほたるに、冬吾は接吻の雨を降らせた。薬の接吻と、恋の接吻は、少しだけ違っている。与え合い、貪り合う唇は不治の病だ。恋の接吻に終わりはこない。

「離すかよ、馬鹿野郎。お前が嫌だと言ったって、お前は俺のものだ」

「うれしい……っ。おれは、冬吾さまのほたる」

「そうだ。俺の手の中でだけ光る、一途でいとしい、俺の蛍だ」

冬吾の手の中でだけ――。自分を独り占めにする、たった一人の背中を、ほたるは強く抱き返した。

「冬吾さまも、おれのもの」

何も望んだことのないほたるが、どうしても欲しいと思った、恋人。

いとしい、いとしい、と、想い合う二つの心が重なって、恋は成就した。波のように繰り返す律動に、ほたるは激しく揺さぶられながら、全てを預けた。

「あぁあ……！　冬吾さま……っ、おれ、おれ、もう……っ」

「ああ。俺ももうもたねぇ」

「おれも、とけるの……っ。いっしょに、冬吾さまと……っ」

「ほたる、ほたる――」

冬吾がひときわ強く腰を穿ち、ほたるの名を呼ぶ。腹の間で擦れていたほたるの屹立が、呼び声に応えて打ち震えた。とろとろと溢れ出てくる蜜をそのままに、ほたるは高まって忘我していく。

「ああん……っ、あっ、あぁ……っ！　ああ――！」

自分を刺し貫く情熱に溶かされながら、甘く蕩けた囀《さえず》りを響かせ、ほたるは果てた。

けしてほたるを一人にはさせないと、同時に最奥へと注がれる冬吾の想い。熱くて仕方ないそれを受け止めて、ほたるは泣いた。

「……冬吾さま……」

満ち足りたはずなのに、もっと欲しい。欲張りに戦慄《わなな》くほたるの唇に、優しい接吻が舞い降りてくる。

「ほたる。欲しがってんのは、お前だけじゃないぞ」

小さく微笑んだ冬吾の唇に、ほたるは接吻を返した。もう離さない。同じ気持ちを確かめ合う二人を、邪魔する者は誰もいなかった。

＊

柳橋の近くの宿屋で、三日間の休養を取ったほたるは、冬吾と二人で帰路についていた。三月も間近になった今日は、春先らしい暖かな天気に恵まれて、街をそぞろ散歩したくなる。屋敷のみんなに心配をかけた詫びに、浅草寺名物の雷おこしを買って帰ることを思いついて、ほたるは仲見世に立ち寄ることにした。車を呼んでくれた冬吾は、ほたるの隣で、毎日の習慣になっている新聞を読んでいる。

「景気のいい話題はどこにもねぇなあ」

第一面の大きな記事に、デモやストライキという見出しが載っている。ほたるは車に揺られながら、自分が読むことのできる字を、一生懸命に目で追った。

「お前を路面電車に乗せてやろうと思ったのに。ストライキでお休みだとよ」

「ざんねん……。わっ！　冬吾さま、見てください。どうろが人でいっぱいです」

「ああ。東都鉄道で働いている連中が、賃上げのデモをやっているのさ」

車窓の向こうで、大きな看板を掲げた鉢巻き姿の大集団が、気勢を上げながら通りを埋め尽くしている。浅草の繁華街にはそぐわない殺伐とした様子で、遠巻きに見ている人々も、みんな不安そうにしていた。

「ここ数日の間、ずっとこんな調子だ。新聞の記事には、デモとストライキのせいで、東都鉄道の株価が十分の一まで暴落したとある」

「十分の一――。十つぶのキャラメルが、たった一つぶになってしまったの？」

「おう、いい喩《たと》えだな。どうする、ほたる。この混雑じゃなかなか身動きが取れねぇぞ。チャップリンでも見て行くか」

「ちゃぷり、見たいけど、でも、おれはいいです」

「何を遠慮してんだ？」

「だって――、冬吾さまはこの間、みあいをしたおじょうさまと、カツドウを……」

もじもじ、ほたるが焼きもちを焼いて言いにくそうにしていると、冬吾はにやにや笑った。

「かわいい奴だな。お前は本当に」

「ひどいです、冬吾さま。からかわないでください」

「ふふ。妬いたりすんな。お嬢と一緒にカツドウは見てねぇよ」

「え？」

「あの日はお嬢の屋敷に招かれて、父親の鈴置子爵と会っていた。俺の伯父上に内緒で、子爵殿から相談があると言われてな」

「冬吾さまと、ないしょのそうだん？」

「向こうにとっては、見合いはその口実だったようだ。あの日は俺にとっても、お嬢が他人の空似だと確かめられてよかったよ」

　ふう、と軽く溜息をついて、冬吾は座席の背凭《せもた》れに深く体を沈めた。

「情けない話だが、あの見合い写真を見た時は、肝が冷えた」

「……おじょうさまが、八重さまと、いきうつしだったからですか？」

「ああ。ひょっとしたら、血の繋がりがあるんじゃねぇかと疑った。八重の血縁なら、墓参りをしてもらいてぇからな。だが、八重とお嬢も、鈴置家も、何の繋がりもない他人だった。俺の早とちりだったのさ」

　見合い写真を見つめていた時の、冬吾の顔をほたるは覚えている。あれは見合い相手が大切な人に繋がる人かもしれないと、期待をしていた顔だったのだ。

「八重さまのことを、冬吾さまは、ほんとうにほんとうにたいせつになさってるんだ」

「また妬くかい——？」

「ううん。おやさしい冬吾さまのことを、おれは、好いているから」

「こいつ」

　冬吾はほたるの髪を抱き寄せて、くしゃくしゃっ、と掻き混ぜた。その指先がぽっぽっ、と熱いのは、冬吾が照れているしるしだった。

「あの見合い写真はどうした。焼いちまったか？」

「あ……。紫乃せんせいのところで、あずかってもらっています。おれには、やけなくて」

「そうか。あれはあのまま、鈴置家に返すことにしよう。——ほたる。写真を焼けなかったお前も、優しい奴だ。また惚れたよ」

ちゅ、とほたるの前髪の上で、接吻の音がする。くすぐるようなそれに満たされて、ほたるも同じ接吻を、冬吾の頰に返した。

デモの波をどうにか掻き分け、浅草寺の仲見世で雷おこしを買い、七軒町へと車を走らせる。たった数日離れていただけなのに、ほたるは見慣れているはずの冬吾の屋敷を、とても懐かしいと思った。

「お帰り、ほたる」

「清武さん……っ！」

玄関へ迎えに出てきた清武に、ほたるは車を降りるなり駆け寄った。台所のいい匂いが染み込んだ彼の胸が、どんとほたるを受け止めてくれる。

「よかった——。元気でよく帰ってきてくれたね」

「ただいま。しんぱいをかけてごめんなさい」

「謝るのはこっちだよ。お前が出て行ったのは俺のせいだもの。嫌なことをたくさん言ってしまったね」

「ううん。あのね、清武さん、おれ、おれ冬吾さまと……っ」

「言わなくていいよ。ほたる」

清武は、ほたるの背中をぽんぽん、と叩いて、もう何もかも承知の上のように微笑んだ。

「俺はどうやら、大きな勘違いをしていたみたいだ」

「かんちがい？」

「ああ。そのせいで、長年仕えた主人を見誤るところだった。俺の目を覚まさせてくれてありがとう、ほたる」

ほたるの顔をまっすぐに見て、清武がそう言う。冬吾の見合いの日、ほたるのことを思って泣いてくれた清武の瞳に、今は笑みが広がっていた。

「冬吾様に、お前とのことを教えていただいた。とても驚いたけれど、冬吾様とお前が本当に想い合った仲なら、俺はもう何も言わない。ほたるのことを、これからも弟のように見守っているよ」

「清武さん……ありがとう」

「台所に、お前の好きなおかずで昼餉《ひるげ》をこさえてある。後でたんとおあがり」

仲直りと再会の嬉しさに、二人でぎゅうぎゅう抱き締め合っていると、ごほんごほん、と後ろで咳払《せきばら》いが聞こえた。

「清武、気が済んだだろう。いいかげんほたるを離さねぇと、またちくっとやられるぜ？」

「申し訳ありません、冬吾様」

「……あれ？　清武さん、口のはしっこ、けがをしたの？　あかくなっているよ？」

「ん？　季節外れの蚊がいたのかねえ」

とぼけたようにそう言うと、清武は抱擁を解いて、冬吾へ深々と礼をした。

「冬吾様、藤邑の伯父上様がいらしています。客間へお通しいたしましたが、大変ご立腹のご様子で」

「ふん。招いた覚えはねぇが、あの糞爺には用がある。行くぞ、ほたる」

「えっ、は、はいっ」

ほたるは冬吾に手を引かれて、玄関から客間までの廊下を歩いた。怖い侯爵が冬吾のことを待ち構えている。不安になって冬吾を見上げると、ぎゅ、と手を握り締められた。

「心配そうな顔をするな。俺がついてる。お前には指一本触れさせねぇ」

「冬吾さま――」

ほたるが頷くと、冬吾も頷きを返してくれる。繋いだ手に勇気を預けて、ほたるは客間の障子戸の前に立った。思えば、ほたるが最初に冬吾と会ったのも、この部屋だった。

「待たせたな。伯父上」

冬吾の手が、たんっ、と勢いよく障子戸を開ける。客間の中には、銀次と、般若《はんにゃ》のような顔をした侯爵がいた。

「冬吾……っ！　貴様、鈴置家との縁談を断るとはどういうことだ。まだその薄汚い小僧を囲っておるのか！」

侯爵に睨みつけられて、ほたるはびくっと体を震わせた。すると、冬吾はほたると侯爵の間に立って、堅牢な盾になった。

「ええい、汚らわしい。また私の顔に泥を塗りおって……。己のしたことが分かっておるのか、冬吾！」

「先方には俺からようくご説明申し上げて、身を引いていただいた。鈴置の名に傷がつかぬよう、配慮はいたしましたのでご安心を」

「配慮だと？　お前は己の都合を通しただけだろう」

「とんでもない。——これから没落する一途の藤邑家に、形だけの見合い相手と言えど、鈴置家を巻き込む訳にはまいりません」

「なっ、何だと⁉　いったい何を言っておるのだ、冬吾！」

気色ばむ侯爵の足元に、冬吾が小脇に挟んでいた新聞を投げた。車中で彼が読んでいた、今日付けの新聞だった。

「何の真似だ。こんな下々どもの労働争議の記事など、読みたくもない」

「現実から目を逸らすのか？　伯父上をはじめ、藤邑家が長らく出資している東都鉄道は、デモとストライキで青息吐息だ。株価十分の一の大暴落を、安穏としたお前らがどう乗り切るつもりなんだ」

はっと瞳を丸くして、ほたるは冬吾と侯爵を代わる代わる見た。藤邑家が裕福なのは、東都鉄道の株主であるからだと、以前紫乃が教えてくれたことを思い出す。

「知れたこと。デモなど官憲の力を使って制圧してしまえばよい。東都鉄道は藤邑家の、いや、この私のものだ。私にできぬことなど何もないわ」

「それが驕《おご》りというのだ。――銀次」

「はっ」

客間の傍らに控えていた銀次が、漆の箱を携えて、侯爵の前に跪く。箱の中にはたくさんの株券が入っていた。

「これは……東都鉄道の株ではないか」

「はい。このたびの暴落を懸念し、鈴置子爵様が手放されたものです。冬吾様が買い受けたことで、鈴置様は損を最小限にとどめられたと、たいへん喜んでおられました」

「買い受けた？　馬鹿な……っ、私に無断で、冬吾、何故お前が」

「子爵殿に泣きつかれたのだから仕方ない。伯父上への義理や体面より、娘の見合いより、子爵殿は俺に株を託すことで実利を取った。金に疎い華族にしちゃあ、賢明な選択だ」

「貴様……！　いったい何を企んだ、冬吾！」

「何も。買ってくれと相談を受けたゆえ買ったまで。ただ、子爵殿から話が回ったのか、同じように株を売りつけたがっている奴らが、俺のところへ殺到している。その中には藤邑の傍系や、外戚もわんさといるぞ。これでは東都鉄道の暴落は止まらねぇな」

「う――、う、嘘をつけ……、藤邑家の者が、お前を頼るはずがない」

「伯父上に付き従えば、株が紙屑になるのを待つだけだと、みんな悟っているのさ。俺の縁談を画策する暇があったら、自分の屋敷の蔵の整理でもしたらどうだ？　お前が下々のデモだと侮っている間に、俺が株を買い占めてやってもいいんだぞ」

「たかが高利貸しに、そんなことができる訳がなかろう……！」

「できるさ。この家屋敷を売ってでも、俺の全財産を賭けてでも、お前から東都鉄道という金の成る木を奪ってやる。伯父上、お前が俺の自由を奪うというなら、俺は俺のやり方で、お前と戦う」

「冬吾――！」

激昂《げっこう》した侯爵が、右手を振り上げて冬吾をぶとうとした。しかし、冬吾は仁王立ちをしたまま、ぴくりとも動かなかった。

（……冬吾さま……）

何の迷いもなく、まっすぐに伸ばした冬吾の背中。雄々しいそれに、ほたるは見惚《みと》れた。

息詰まるような長い沈黙の後、冬吾の向こうで、侯爵が右手を下ろしていく。

「何故だ、冬吾」

悔しそうに唇を噛んで、侯爵は膝を折った。誰よりも気位の高い侯爵が、冬吾の静かな迫力に完膚なきまでに打ちのめされて、力なく崩れ落ちていく。ほたるの目にも、それは哀れな光景だった。

「何故、お前は今も昔も、私の言うことを聞かん。私はお前を、実の息子よりも後継者と見込んでおったのだぞ――」

「俺に侯爵になれと？　冗談じゃねぇ」

冬吾は侯爵に背を向けて、ほたるの方を振り返った。

「爵位も藤邑という名も、財産も、本当は一円の金すら、俺はいらない。俺が欲しいものは、ここにある」

怒っているとばかり思っていた冬吾の顔が、ほたるの視界の中で、優しい笑みに包まれていく。いとしいその笑みに惹《ひ》かれるまま、ほたるは冬吾が伸ばしてきた手に、自分の手を重ねた。

「用は済んだ。昼餉にしようか、ほたる」

「はい。冬吾さま」

「腹がへっただろう。茶碗《ちゃわん》に山盛りの飯をついでやるよ。――それでは、伯父上様、本日はこれにて。ごきげんよう」

最後に品のいい捨て台詞《ぜりふ》を残して、冬吾は客間を後にした。項垂《うなだ》れたままの侯爵を振り返らずに、ほたるも冬吾を追う。繋いだ手、絡めた指、冬吾と触れ合う全てが温かくて、ほたるはけしてそれを離したくないと思った。

「冬吾さま」

「何だ」

「おれがほしいものも、ここにあります」

ほたるが見上げる先に、微笑む冬吾がいる。

いとし、いとしという心。同じ心で結ばれた二人を、屋敷の廊下に射し込む春の陽が照らしていた。

了

いちご日和

深酒をした翌朝の気分は最悪だ。それも、快晴の冬の朝が一番よくない。閉じた瞼《まぶた》の向こうの陽射しが眩《まぶ》しいし、まだ酒が残っている体が、頭よりも先に目覚めて眩暈《めまい》を引き起こす。

こんな最悪な朝は、できる限りゆったりと構えて、昼近くまでベッドで寝そべっておきたい。それでなくても、金に困った因業《いんごう》な客を毎日相手にしている身の上だ。居丈高が常套《じょうとう》の金貸しが、客より疲弊して貧相にしている訳にはいかないのである。

「——吾様、冬吾《とうご》様」

もう一度夢の中へと沈もうとしたのに、不意に聞こえてきた声に引き戻された。寝足りない時に限ってその声は甘く、いとしい響きを帯びるから厄介《やっかい》だ。

「聞こえているんでしょう？　もう朝ですよ」

「ん…。……ほたる……お前は今日も元気だな……」

「はい。冬吾様、おはようございます。お顔を洗う時間です」

ゆさゆさ、今朝も決まった時刻に体を揺すられて、眠たい目を擦《こす》る。

毎朝湯を沸かして、律儀に寝室まで持って来るほたるは、二年前からこの屋敷で暮らしている恋人だ。当時はおっかなびっくり湯桶《ゆおけ》を運んでいたが、背丈が伸びて、体も一回り大きくなった今は、桶と新聞と書類の束を同時に運ぶことも珍しくない。

「冬吾様。起きてくださいったら、冬吾様」

「——もう少し寝かせてくれよ。頭が重てぇ」

「また昨夜飲み過ぎたんでしょう？　いくら町会長さんのご招待の席だからって、限度がありますよ」

「ったく…。朝っぱらから説教かよ。俺は今日は休む。寝る。寝るったら寝る」

「駄々っ子ですか、冬吾様は。起きないと、せっかくのお味噌汁《みそしる》が冷めてしまいます」

「……ああ、いいな、味噌汁は体にいい。今朝の具は何だ」

「二日酔いの朝は蜆《しじみ》と決まっています。さっき清武《きよたけ》さんに、味見をさせてもらいました」

「お前の味見なら、味噌は甘めだな、ほたる」

「はい、とってもおいしいですよ。だから起きて起きて」

新聞を棒のように丸めたほたるに、ぺしぺし、と尻の辺りを叩かれる。この頃少々、仕事でも私生活でも尻に敷かれている自覚はあるが、それはそれで心地いい。

以前はほたるに簡単な身の回りの世話をさせていたが、今は仕事の予定や時間を管理する秘書の役目をやらせている。真面目に塾に通い、二年の間に人並み以上の学を積んだほたるは、眩しいくらい才気溢《あふ》れる若者になった。出会ったばかりの頃に、彼が聡明《そうめい》な性質《たち》だと感じた自分の目は、曇っていなかったということだ。

「ふあぁあ。眠てぇなあ」

重たい体を渋々起こすと、膝の上に湯桶の乗った盆を置かれる。特に教えた覚えはないのに、ほたるが持って来る湯はいつも好みの温度だ。こちらが顔を洗うまで、ベッドの傍らでタオルを手に待っている姿は、二年前とまったく同じである。

ただ、そこから先が、単なる使用人だった以前と秘書の今とでは随分違っていた。

「冬吾様、本日のご予定は、九時から貸金組合のご会合、十一時から昼休憩を挟んで十三時までお客様との面談が五件、十四時には三田の笠松《かさまつ》男爵邸で売却物品のお見積もり、十六時過ぎにはいったんこちらへお戻りになって、帳簿の検《あらた》めと各書類の目通しをしていただきます。なお、夜は銀行頭取の鷺沢《さぎさわ》様と、銀座の料亭『月夜野《つきよの》』でご会食の席を設《もう》けています」

「——待て待て待て。何だその過密具合は。お前は俺を働き詰めで殺す気か」

あんまりな仕事の詰め込み方に抗議をすると、ほたるは黒革の手帳を片手に、きょとん、と瞳《ひとみ》を丸くした。

「仕方ありません。冬吾様は、近頃巷《ちまた》で評判の経済人ですから」

「あァ？」

「冬吾様が高利貸しの傍ら、株や資産運用の指南をなさるようになってから、ぜひお会いしたいというお客様がひっきりなしで……。これでも随分調整しているんですよ？」

「だからってお前、俺を働かせ過ぎだろう。秘書ならもっと労《いた》われ」

「冬吾様が人気者だからいけないんです。ほら、見てください。明日も明後日《あさって》も、手帳の予定は真っ黒です」

まいったか、とでも言いたげに、ほたるが手帳を開いて見せる。二日酔いが一気にひどくなりそうな真っ黒さだ。

「う……、嫌なものを見せられた。胸やけがひどくなっちまう」

ほたるの元から手帳を奪って、うんざりしながら頁をめくる。二月から三月、三月から四月にかけては、十日に一度の定期的な休み以外、予定の欄に空白がない。

（ん……？）

ぺらりと次の五月の頁をめくると、月の中程に、連続した二日間の空白があった。予定の代わりに、そこの欄には赤く小さな丸が書いてある。平日に我が秘書が、仕事を一つも入れないのは極めて珍しい。さて、この二日間は何のために空けてあるのだろう。

「冬吾様？　じっと手帳を眺めて、どうかなさいましたか」

「――いや。俺はすっかり、秘書のお前の尻に敷かれてると思ってよ」

「そんなことしていません。不景気の世の中なのに、お仕事がいっぱいあってありがたいじゃないですか。さ、冬吾様、予定の確認が終わったらお着替えをしましょう。早く朝餉《あさげ》を済ませないと、九時からの会合に遅れます」

「お前は容赦がねぇなあ。この屋敷へ来たばかりの頃は、もうちょっとしおらしくて、とうごさまとうごさまって俺の後ろをついてきて、かわいらしかったのに」

「冬吾様……」

働かされ過ぎの意趣返しに、軽く悪態をついてやると、ほたるは途端に心配そうな顔をして、ベッドの下に膝《ひざ》をついた。

「冬吾様、今の俺は、お気に召しませんか？」

「さあ、どうだろうな。有能な秘書だとは思うが」

意地悪の続きに、わざとすっとぼけてやった。けして嘘はついていない。賢いほたるに秘書を任せておけば、実際、自分の仕事はうまく回っていくのだから。

「冬吾様は、読み書きのできなかった前の俺の方が、いいですか――？」

上目使いで見つめてくる、黒目がちの円《つぶ》らな瞳。背丈は伸び、顔立ちが大人びてきても、ほたるの純真な瞳の丸さは以前と同じだ。心細そうに言葉を紡ぐ唇も、瑞々《みずみず》しい果実のように赤く、ところ構わず奪って舐《ねぶ》って食ってやりたいほど美味なるものに見える。

「くそ。相変わらず、苺《いちご》みてぇな唇をしやがって」

「え？」

ちょん、と指先でほたるの唇を弾《はじ》いてやってから、はっと気付いた。

（そうか。ありゃあ苺だ）

黒革の手帳に視線を戻して、赤丸のついた五月の空白の二日間に、にやりとする。

五月――初夏の爽やかな月の半ば。帝都から少し離れた田舎では、苺の旬の季節を迎える。前に一度、ほたるを苺摘みに連れて行ったことがあった。畑いっぱいに鈴なりに実った苺を見て、ほたるが瞳を輝かせて喜んでいたことを思い出す。

手帳の空白は、きっともう一度苺を摘みに行きたい、ほたるの意思表示だ。苺が好きな無邪気さもさながら、仕事を入れずに先に予定を空けておくという、秘書のささやかな越権行為がかわいらしくてたまらない。

「はは。お前にはまいるな、本当に」

「え？　冬吾様、俺、何かしましたか？」

「したした。――やっぱりお前は、誰よりもかわいい。惚《ほ》れ直したよ」

え？　え？　と不思議そうに瞬《まばた》きをするほたるを、微笑《ほほえ》ましく見つめながら抱き寄せる。

最悪な気分の朝だったのに、いつの間にか二日酔いは治っていた。それどころか、まだ五月は遠いということも忘れて、ほたるを泊まり掛けの苺摘みに連れて行きたくて仕方がなかった。

了

あとがき

こんにちは。または初めまして。御堂なな子です。このたびは『戀《こい》のいろは』をお手に取っていただきまして、ありがとうございます。

今回は時代を少し遡って、大正の世を生きる人々を書きました。維新と文明開化の明治と、激動の昭和に挟まれて、大正はなんとなく平和な時代というイメージを持っているのですが、年数は短くても濃密な歴史が詰め込まれていて、書くたびに興味が尽きません。今作の舞台の浅草は、以前住んでいたことがあり、懐かしさを感じながら古地図などの資料を調べてみました。浅草界隈の水路は整理されていますが、現在でも細い川筋に船が停まっているのを見たりすると、一時代前の風情を体感できます。

ほたるを冬吾が借金のカタにもらい受けるところから始まるこの物語ですが、ひらがなの台詞の魔力にどっぷりと浸かって、個人的においしい原稿期間を過ごしました。昔から好きなんです。子供の台詞とか、全部ひらがなで表現すると無駄にテンションが上がります。ほたるの文字の習熟度に従って、台詞の中の漢字を増やしていきました。「紫乃先生」がいつまでも「紫乃せんせい」だったのは、単に私の趣味です。読みにくさと諸刃の剣ですみません……！

ほたるは小さい頃からずっと苦労してきた子なので、冬吾と出会って、これから人生の春が永遠に続くものと思われます。つらい思いをした人は無条件に、その十倍は幸せになってもらわないと私の気が済みません。キャラメルを山ほど買ってもらって、苺も籠いっぱい摘んで、ほたるは冬吾に頭をなでなでされていてほしいです。冬吾は強面で自分のことを鬼と呼んでいますが、ほたるにだけは甘いので、おねだりは何でも聞いてくれると思います。

今回は、落っこちそうなほど大きな瞳をしたほたると、獅子のように凛々しくほたるに寄り添う冬吾の表紙に、一目惚れをされた方がたくさんいらっしゃるのではないでしょうか。（私ももちろんそうです！）テクノサマタ先生、このたびはお忙しい中、素晴らしいイラストの数々を描いてくださってありがとうございました！　眼福の連続で本当に幸せです！

お世話になってばかりの担当様、今回もお手をわずらわせてしまってすみません。大好きな大正ものを書かせてくださってありがとうございました。満喫しました。

Yちゃん、いつも挫けている私を優しく受け止めてくれてありがとう。そして家族、こっそり見守ってくださっているみなさん、これからもどうぞよろしくお願いします。

最後になりましたが、読者の皆様、あとがきまで読んでくださってありがとうございました！　いろはのい、からよちよち歩きを始めたほたるの戀を、ぜひ応援してやってください。
それでは、次の作品でもお目にかかれることを願っております。

御堂なな子

✦初出　戀《こい》のいろは……………書き下ろし
いちご日和……………書き下ろし

御堂なな子先生、テクノサマタ先生へのお便り、本作品に関するご意見、ご感想などは
〒151-0051 東京都渋谷区千駄ヶ谷 4-9-7
幻冬舎コミックス　ルチル文庫「戀のいろは」係まで。

幻冬舎ルチル文庫

戀《こい》のいろは

2014年5月20日　第1刷発行

✦著者	御堂なな子　みどう ななこ
✦発行人	伊藤嘉彦
✦発行元	株式会社 幻冬舎コミックス 〒151-0051 東京都渋谷区千駄ヶ谷 4-9-7 電話 03(5411)6431［編集］
✦発売元	株式会社 幻冬舎 〒151-0051 東京都渋谷区千駄ヶ谷 4-9-7 電話 03(5411)6222［営業］ 振替 00120-8-767643
✦印刷・製本所	中央精版印刷株式会社

✦検印廃止

ISBN978-4-344-83135-3　C0193　Printed in Japan